回想夢

회상몽

책을 펴내며

도원고 '인문학 책쓰기' 동아리는 작년의 '잿빛 팔레트'에 이어 두 번째 소설집인 '회상몽'을 썼습니다. 원하는 것이 이루어지는 꿈을 꿀 수 있게 해주는 가상의 약 '마이디'를 둘러싼 인물들의 갈등을 9편의 소설을 통해 볼 수 있습니다. 이 이야기들에는 (의도와 관계없이) 학생 저자의 개인적인 경험이 반영되어 있을 수도 있고, 한편으로는 학생 저자들이 예리한 시선으로 바라본 사회 곳곳의 문제들이 반영되어 있기도 합니다.

책의 장르와 주제를 선정하는 것에서부터, 전체적인 이야기 줄기와 세부적인 이야기까지, 서로의 이야기를 듣고, 읽고, 다시 의견을 내고, 서로의 의견을 수용하는 과정에서 새로운 이야기를 홀로 창작하는 것뿐만 아니라 함께 대화를 나누는 과정의 중요성을 몸소 보여주었습니다. 서로의 대화와 격려가 없었다면 이 한 권의 책은 나오지 못했을 것입니다.

책을 한 권 쓴다는 것은 개인의 삶에서 굉장히 특별한 경험입니다. 하나의 글을 쓰기 위해 오랫동안 고민하고 자신만의 이야기에 온전히 매달려야 가능한 일이고, 그렇게 하나의 이야기에 온전히 매달릴 수 있는 경험은 웬만해선 쉽게 하기 힘든 일이기도 합니다. 이 경험이 우리 동아리 학생들의 삶에서 하나의 일에 몰두할 수 있었던 하나의 경험이 되었으면, 또 다른 새로운 도전을 만나도 '일단 도전' 을 외칠 수 있는 계기가 되었으면, 또 고등학교 시절을 떠올렸을 때 하나의 추억이 되었으면 합니다.

'책쓰기' 라는 큰 일을 끝내고 도원초 학생들과 함께하는 재능기부 행사를 치르고, 숨 좀 돌리고 난 후 인문학 콘서트라는 큰 행사를 훌륭하게 해내는 12명의 학생들을 보면서 '나보다 더 훌륭한 학생들을 지도하고 있는 것이 아닌가' 요즘 부쩍 생각합니다.

동아리 운영에 큰 어려움이 없도록 물심양면으로 지원해주신 류시태 교장선생님과 유호선 교감선생님, 그리고 도원고의 여러 선생님들께 지면으로나마 감사 인사를 드립니다. 특히 부족함이 많아 좌충우돌하는 지도교사의 멘붕(멘탈붕괴)을 못 본 체하고 믿어준 학생들에게 가장 감사합니다.

완성을 위해 수많은 밤과 새벽을 내주느라 수고가 많았습니다.

부족한 어른의 말에도 귀 기울여주어 고맙습니다.

2020년 2월

지도교사 최수진

여는 글

이 책은 '꿈'이라는 주제와 물음으로부터 시작합니다.

꿈이라는 단어는 대체적으로 '내가 되고 싶은 꿈'과 '잘 때 꾸는 꿈' 두 가지로 해석됩니다. 이 소설에서의 꿈은 그 두 가지의 의미를 모두 합친 꿈으로 '꿈꾸는 것을 꿈꾸다.'라는 낭만적이고도 잔인한 이야기의 시작이 됩니다. 꿈꾸는 것을 이루는, 꿈을 꾸게 해주는 상상의 약을 매개로 9명 인물의 이야기가 진행됩니다.

시작하는 꿈은 많지만 끝나는 꿈은 적은 현실에서 내가 원하는 꿈을 꾸고 심리적으로 안정감을 느낀다는 것은 어찌 보면 과대망상이자 헛된 꿈일 뿐이지요. 하지만 그 헛된 꿈을 경험함으로써 수많은 감정을 느끼고 그로 인해 긍정을 얻게 된다면 '헛됨'의 정의는 결코 부정적인 것이 아닐 것입니다.

'꿈'은 가까이 있으면서도 멀리 있습니다. 이번 책의 주제 선정은 매우 빨랐지만 내용 진행이 생각만큼 원활하지 않았던 이유이기도 하지요. 하지만 우리들이 학업의 틈바구니에서 피땀 흘려 완성한 이 책은 우리의 꿈이자 목표였습니다. 아마도 동아리 부원들에게는 이 소설은 회상몽이 아닌 성장몽, 성공몽, 성사몽 등으로 '이루게 된 꿈'이 되었을 것입니다. 누군가에게는 첫 번째 글이고 누군가에게는 두 번째 글인, 부족할지도 모를 이 책이 다른 누군가에게 새로운 경험이 되기를 바랍니다.

2020년 2월

도원고 인문학책쓰기 동아리

성유리, 김태은

목차

Part Ⅰ_

Part Ⅱ_

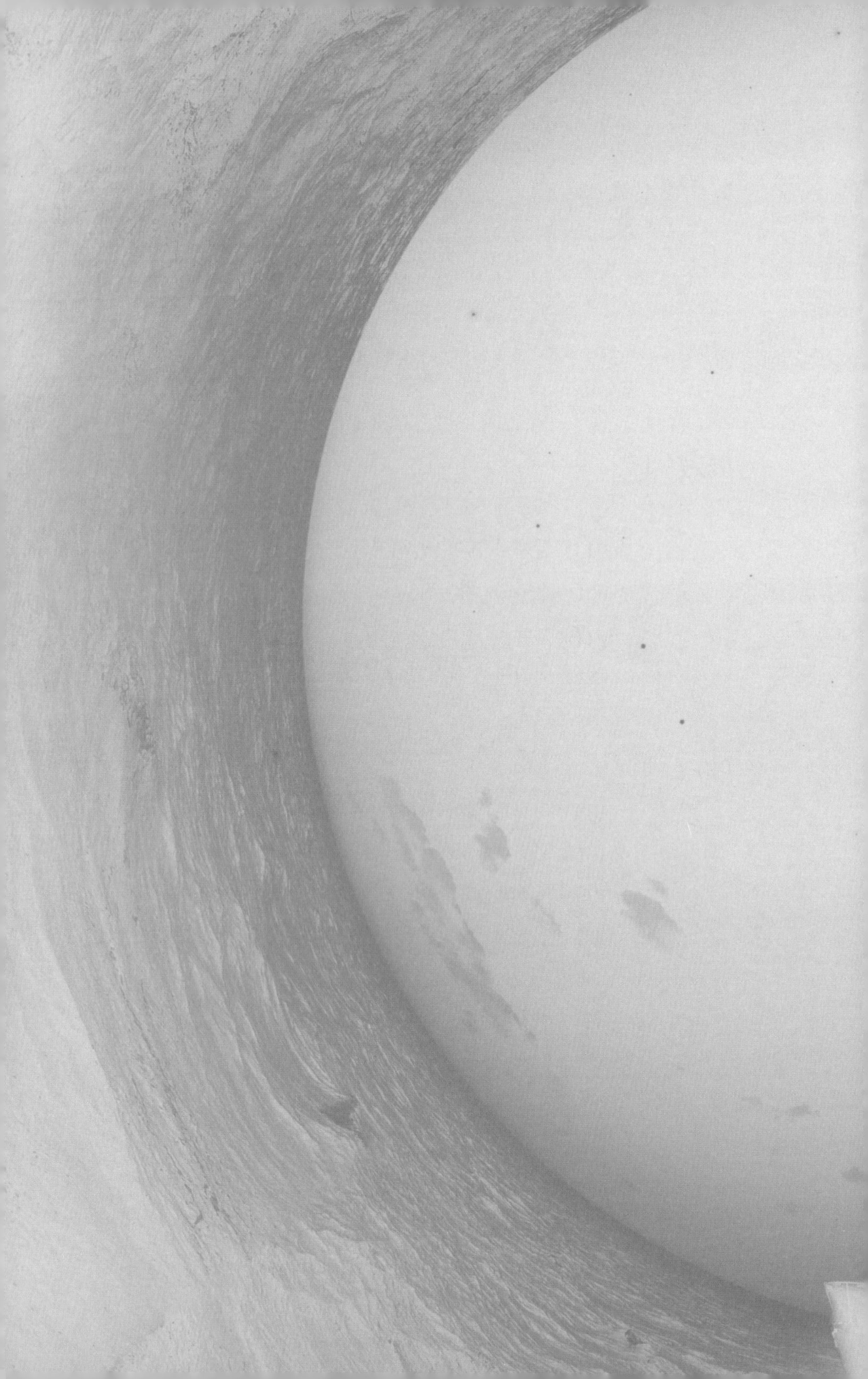

회-상-몽

Part Ⅰ

진 서 연

폐구름

1

윤슬은 침대에 누워서 천장을 멍하니 응시하다가 무언가에 이끌리듯이 일어났다. 무기력하게 누워 있다가도, 이따금씩 밖을 보고 싶었다. 그는 절뚝거리는 걸음으로 암막커튼을 걷어냈다. 순식간에 빛이 방 안을 채워 먼지의 움직임을 육안으로 볼 수 있게끔 하였다.

'벌써 아침이구나.'

창문을 열자, 미지근하지만 날카로운 바람이 파고들어 그의 머리카락을 일렁거리게 하였다. 윤슬은 답답한 방 안에서 이렇게나마 탁 트인 바깥 공기를 마시기 위해 창가에 기댔다. 그는 체중을 실은 창가를 손으로 쓸어보았다. 하룻밤이 지났지만 창틀엔 먼지 한 올 없이 깨끗했다. 시선을 옮겨 윤슬은 하늘을 보았다. 새소리가 들렸고 날은 맑았다. 평화로웠다. 너무나도, 맑은 날이었다. 그런 날 좋은 하늘을 보던 윤슬은 새삼스럽게 저의 꼴이 비참해서 헛웃음이 나왔다. 윤슬은 더 이상 '날도 좋은데 카페나 가자' 라는 말을 쉽게 하지 않았다. 그럴 수가 없었다. 그에게 있어서 창가에 기대는 것은 더이상 그의 의지가 아니었다. 윤슬은 항상 그날 이후로 달라진 것은 하나도 없는 것마냥 행동하려고 했다. 말을 꾸며내서라도 자신을 속이려고 했다. 하지만 일상생활에 스며든 정말 사소한 불편함이 그로 하여금 쓰린 현실을 자각하게 만들었다. 그리고 그는 그때마다 참담했다. 창밖에서 더욱 환하게 들어오는 빛이 그의 눈을 찔러 얼굴을 구기게 했다.

하얀 물감을 부은 듯이, 처음부터 푸른빛은 없었던 것처럼 창문 밖으로 보이는 하늘은 흰 구름으로 가득차 있었다. '답답하다.' 윤슬은 속이 꽉 막혀 숨을 뱉기 힘들었다. 구름이 잔뜩 쌓여 하얗게 변해버린 하늘을 보고 있자니, 윤슬은 압박감에 뭐라도 토해내고 싶은 마음이 들었다.

2

윤슬은 충동적인 마음을 실행하기 위해 창가를 잡고 몸을 돌려 침대를 짚어가며 걸음을 옮겼다. 힘겨웠다, 겨우 몇 발자국 걸었을 뿐이었는데. 잠시 숨을 고르며 침대 옆 탁자에 놓아두었던 휴대폰을 바지 뒷주머니에 쑤셔 넣었다. 오늘도 점심 즈음이 되면, 수연의 연락이 올 것이다. 호흡을 가다듬고 나니, 탁자 옆 가지런히 세워진 목발에 윤슬의 시선이 닿았다.

왠지 오기가 생겼다. 그는 방 안의 물건을 더듬더듬 짚어가며 발을 옮겼다. 그 모습에 걷는다는 표현은 어울리지 않았다. 두 팔과 한 발을 이용해 다른, 감각이 없는 그 다리를 끌고 가는 수준이었기 때문이었다. 하지만 윤슬은 고집을 부리며 꾸역꾸역 걸어갔다. 침대를 제치고 벽을 짚어 앞으로 나아갔다. 그의 머릿속은 희망으로 가득찼다.

'그래. 목발이 없이도, 난 걸을 수 있잖아. 이제 곧….'

문고리를 쥐려는 그 순간, 윤슬은 몸에서 힘이 빠지며 세상이 뒤집힘을 느꼈다.

온몸을 감싸는 통증이 찾아와 숨을 제대로 쉴 수가 없다. 호흡은 턱 멈췄다가도 다시 새어나오길 불규칙적으로 반복된다. 그는 간신히 숨을 가다듬으며 덜덜 떨리는 손을 꽉 쥐고 이를 악문다. 그리고 되뇐다.

'참아야 한다. 견뎌야 한다.'

고통이 점차 잦아들면서 윤슬은 제 꼴이 너무 우습다고 생각했다. 바닥에 납작하게 붙어서, 숨을 헐떡거리는 모양새가, 너무나도 우스웠다.

'이젠, 내 힘으로는, 방을 벗어나는, 고작 그것조차 하지 못 해!'

윤슬은 이렇게 살아야 한다는 것을 믿고 싶지가 않았다. 가까운 거리도 혼자 가지도 못하고 힘이 빠지는 것이 너무 싫었다. 이렇게 힘이 풀릴 때는 아무것도 할 수 없이 고통을 받아들일 수밖에 없었다. 남의 도움 없이는 움직일 수 없는 무력한 자신의 모습을 인정하고 싶지 않았다. 그러나 그는 연약했다.

'넘어지고 싶지 않아. 달리고 싶어. 이딴 추한 모습을 보이기 싫어.'

윤슬은 광활한 하늘을 가로지르던 기억의 끝자락만을 추억했다. 그에게 있어서 모두였던 끈은 한 순간에 끊겼다.

'아예 처음부터, 처음부터, 그 기분을, 몰랐더라면, 그랬으면, 그랬다면 차라리 좋았을 걸.'

입 안의 연한 살을 잘근잘근 물었다. 그럼에도 분을 삭일 수 없었다. 그는 손톱이 살을 파고들 정도로 꽉 쥐며 죽어라 소리를 질렀다. 머리가 아프도록 내질렀다. 이렇게라도 주체할 수 없는 감정을 표출해야 했다. 그의 호흡이 모자라 목구멍이 시큰해질 때까지 울리던 비명은 곧 흐느낌이 되었다. 짜증났다. 정말, 정말 울고 싶었다. 앓는 소리가 방안에 울렸지만, 그의 눈에선 단 한 줄기의 물도 흐르지 않았다. 건조함이 볼을 타고 흐를 뿐이었다. 너무 비참했다. 가슴이 답답했다. 악을 써도 풀리지 않는 무언가가 온 몸을 짓눌렀다. 형용할 수 없는 감정이 윤슬을 끌어안았다. 윤슬은 쓰린 감정에 파묻히고 있었다. 거친 호흡으로 통증을 삼킨 그는 다시금 원망으로 그득한 눈으로, 그 망할 놈의 목발을, 노려봤다.

윤슬은 이제 목발이 없이는 걸을 수 없다. 걸을 수 없으니 달릴 수도 없었다. 그건 불안정한 윤슬의 머리로도 알 수 있는 명확하고 단순하기 짝이 없는 사실이라서, 윤슬은 더욱 이 상황을 인정하고 싶지 않았다. 자신이 처한 상황을 되삼킬 때마다 윤슬의 마음은 쓰려왔다.

'…….'

실핏줄이 터져 붉어진 눈이 뜨거울 정도로 아렸다. 그 채로 바닥의 무늬를 멍하니 보고 있자니, 윤슬은 이상하게도 차분해졌다. 차츰 격앙되었던 감정이 사그라들자, 머리가 놀랍도록 빠르게 식었다. 몸을 주체할 수 없을 정도로 흥분했던 사람의 형태는 찾아볼 수 없었다. 결국 그는 찾아오는 현실감각에 완전히 감정적일 수도 없었다. 그는 더디지만, 차츰 이성을 찾았다.

이대로 누워있을 수는 없었다. 그는 결국 바닥에 납짝 엎드렸다. 손으로 더듬거리며 목발을 짚었다. 목발을 짚지 않은 손으로는 탁자를 짚고, 왼쪽 다리에 힘을 주었다. 윤슬은 수차례 삐끗해 가면서 힘겹게 일어섰다. 그의 오른쪽 다리엔 여전히, 힘이 들어가지 않았다. 힘을 주려는 순간, 몸이 찌르르 울릴 것이 뻔했기에 감히 그럴 수 없었다. 윤슬은 좀 전의 그 무력함을 다시 겪고 싶지는 않았다. 윤슬이 느리게 한 걸음씩 걸을 때마다, 목발이 바닥에 짚는 뚜렷한 소리와, 체중이 실리지 않은 발이 바닥에 힘없이 사아, 사아 쓸리는 소리가 겹쳐 들렸다. 고집을 부리지 않으니 멀기만 했던, 문까지의 거리는 참 짧았다.

윤슬은 곧장 화장실 문을 열고, 목발을 바닥에 던지듯 하고선, 무릎을 꿇었다. 목발이 볼품없이 떨어지자 공기 중에 진동이 퍼졌다. 윤슬은 변기 뚜껑을 열어 구역질을 했다. 먹은 게 없으니 나오는 것이라곤 아린 위액뿐이었다. 눈물이 다시 목 끝까지 차올랐다.

윤슬은 더듬더듬 목발을 짚었다. 세면대를 잡고 일어나 물로 입을 헹궜다. 머금었던 물을 뱉고 고개를 들자 거울에는 윤슬의 모습이 투명하게 비쳤다.

눈은 눈물로 얼룩져 붉었고, 속은 시원함 없이 쓰리기만 했다. 거울로 보이는 윤슬은 단지 죽지 못해 사는, 아무런 영혼이 없는, 나뭇 조각 같았다.

③

그는 곧 목이 타는 것 같은 갈증이 느껴져 주방으로 가기 위해, 다시, 다시 오른발을 끌었다. 윤슬은 자신의 발의 마찰 소리가 듣기 싫었다. 윤슬이 병원에서 지낸 기간을 제외하고 퇴원해 집에 온 지도 이제 거의 일주일이 지났다. 하지만 그가 다치기 전 생활했던 흔적이 더욱 깊게 자리해 있는 그의 집에는 회상할 거리가 지나치게 많았다. 주방으로 가는 복도에 전시된, 되었던 수많은 상패들은 흰 천으로 그 모양새는 대강 가려놨지만 그것의 존재까지 지울 수 없었다. 윤슬은 그것들을 쳐다보지도 않고 지나쳐갔다. 일장춘몽. 모든 것이 부질없었다. 그럼에도 윤슬이 그것들을 전부 치워버리지 않은 것은 작은 희망 때문이었다. 아득한 구름 사이로 비춰진 한 줄기 빛 같은, 어쩌면 다시 전처럼 돌아갈 수 있을 것이라는 막연한 믿음과 그리운 기억 때문에 그것을 죄다 깨부수지는 않은 것이다. 윤슬은 주방에서 물기가 채 마르지 않은 컵을 들었다. 목발을 단단히 짚어가며 정수기 버튼을 눌렀다. 물이 컵을 넘쳐흐르는 것을 막지도 않고 윤슬은 가만히 바라만 보았다. 그는 흥건한 컵의 시원함을 들이켰다. 윤슬은 한 컵을 들이붓고도 아직 갈증이 채 내려가지 않았는지, 자작하게 남은 물컵에 물을 다시금 가득 채워 식탁 의자를 끌어 앉았다. 윤슬은 식탁 위에 놓인 메모지와 삼만 원을 보았다.

"굶지 말고 뭐라도 시켜 먹어. 문제 있으면 의사 부르고, 돈은 나중에 엄마가 입금한다고 해."

참 정 없다. 윤슬은 메모지를 볼품없이 구겨서 쓰레기통으로 던졌다. 구겨진 메모지는 쓰레기통에 들어가지 못 하고 입구 근처에 부딪혀 바닥으로 떨어졌다.

'알 게 뭐야.'

그것을 다시 주워서 버릴 수도 있었지만, 윤슬은 그냥 그 채로 나뒀다. 그는 물을 벌컥 들이켜고선, 초점 잃은 눈으로 베란다를 쳐다봤다.

여전히 하늘은 구름으로 가득 차 있었다. 그 사건 이후로 윤슬의 눈에 보이는 하늘엔, 푸름은 한 움큼도 존재하지 않았다. 그는 절반가량 마시다 남긴 물이 담긴 컵을, 식탁 위에 놔두었다. 아무것도 하고 싶지 않았다. 윤슬은 눈을 질끈 감고 두 손으로 얼굴을 감쌌다. 그러곤 숨을 천천히 내쉬었다. 조금 전부터 거슬리던 뒷주머니의 휴대폰을 컵 옆에 꺼내두었다. 그의 손가락은 까딱이며 검은 휴대폰 액정을 두드렸고, 그의 눈은 초점을 옮겨 집 안을 살폈다.

그러던 차에 윤슬은 차마 치우지 못 했던 사진을 보았다. 소파 옆 탁자 위에 자리한, 육상부 친구들과 함께 메달을 들고 환히 웃고 있는, 그 사진을 보고야 말았다. 사진을 보는 순간, 알 수 없는 화가 치밀었다. 윤슬은 사진 속의 자신이 미웠다. 당장 그 액자를 던져서 깨트리고 싶었다. 그러나 윤슬은 그러지 않았다. 악을 쓸 힘이 남아 있지 않았다. 사진 안의 자신의 모습이 미웠던 이유는, 결국 부러웠기 때문이었다. 과거 속의 그는 희망만이 가득한, 푸른 하늘만 눈에 담을 수 있는 날들을 살고 있었다. 그런 날을 겪은 지 너무나도 오래 지난 듯하여, 달리던 그날들이 그저 백일몽 같기만 했다. 부러움과, 원망과, 자책과, 절망과, 동시에 흐린 희망이 섞인 모순적인 감정들이 가슴속에서 꿈틀거렸다.

좀 전에 열어둔 창가에서 불어온 것인지, 미지근한 바람이 그의 호흡을 감쌌다. 바람과 함께, 옛 기억이, 오후의 윤슬을 휘감았다.

4

"야! 강윤슬! 뭐하고 있어? 빨리 와!"

같은 육상부 친구인 수연의 날카로운 목소리가 귀를 찔렀다.

"조금만 기다려. 물만 마저 마시고 갈게!"

나는 곧 말을 맞받아치고는 수돗가의 물을 콸콸 틀어 갈증을 달래려 벌컥벌컥 들이켰다. 턱을 타고 물이 흘러가는 것을 손으로 훔치고는 운동장을 가로질러, 육상부원들이 있는 곳으로 달려갔다. 벌써 수연이를 비롯한 다른 아이들이 점호를 외고 있었다.

"아, 열하나, 번호 끝!"

그날은 여느 때처럼 평화로웠다. 하늘에선 해가 뜨겁게 피부를 태웠지만 곧 학교 건물이 그늘을 만들어 우리를 숨겨줬었다.

"다들 내일이 육상대회라는 것을 알거다. 신청한 사람들 중에 뽑힌 애들, 박하영이랑, 또… 최윤화랑, 우리 명월여고 육상부의 에

이스 강윤슬이! 니들은 특히 컨디션 관리 잘 하고, 민혜…랑 이지영, 하은혜는 그날 후보로 참석해야 하는 건 알고 있지? 그리고 상황이 어찌될지 모르니 후보들도 연습 게을리하지 않도록. 오늘은 여기까지다. 이상!"

육상부의 모든 아이들은 우렁차게 대답을 외치며 뿔뿔이 흩어졌다. 내가 뒤를 돈 순간 코치님이 나와 수연이를 불렀다.

"너희는 점호 때 늦게 왔으니까 뒷정리나 하고 가라. 열쇠는 저기 의자에 있을 거다."

"이씨…, 이게 다 네가 늦게 와서 그런 거잖아~"

"야, 이따 가는 길에 아이스크림 사 줄 테니까 좀만 참어라, 응?"

"오케이 콜! 내가 아이스크림 때문에 참는 거다."

수연이는 곧 형광빛의 조끼를 개며 '뒤집어서 벗고 가는 애들은 도대체가 매너가 있는 거냐'며 구시렁거렸고, 나는 그것이 또 우스워 미소를 머금고 떨어진 바통을 주웠다. 툴툴거리면서 조끼를 반듯하게 개고 있는 수연은 살갑게 대해주는 유일한 친구였다. 사실, 육상부 내에서 싫어하면 싫어했지, 나를 좋아하는 같은 학년 친구는 거의 없었다.

'또 재야?' '대회도 적당히 나가야지.' '자기 혼자 저렇게 굴면, 다른 애들은 어쩌란 거야.' '메달 몇 개 땄으면 됐지.'

여러 말들이 머릿속에서 맴돌았다. 무슨 문제 있냐고 물을 때면, 얼버무리는 모습도 마음에 들지 않았다.

그렇게 싫으면 자기들이 더 잘 할 것이지, 왜 나한테…. 그 무리의 가운데에는 항상 박민혜가 있었다. 그는 항상 나 다음의 기록이었고 어쩌다 민혜가 내 기록을 깨더라도, 곧 내가 다시 기록을 세웠다. 뒤에서 욕하는 게 솔직히 꼴 보기 싫기도 했고, 내가 이길 때면 묘한 우월감이 들었다. 하기는, 민혜 입장에서는 내가 고깝게 보이지 않을 리가 없었다. 그래, 나 같아도 그렇게 느꼈을지 모른다. 잡생각을 하다 보니 머리가 복잡했다. 나는 흙을 털다가 손때 묻은 바통을 꽉 움켜쥐어 보았다.

"야, 너 정리 안 해? 지금 누구 때문에 이러고 있는데!"

"아…. 미안. 너 먼저 가라. 나는 좀 더 연습하다가 갈래. 아이스크림은 다음에 살게."

"너는 달리기도 잘 하는 년이 왜 그리 걱정이 많냐? 어휴, 그래. 내일 대회 잘 하고. 너무 무리하지 말고!"

내가 혼자 남아서 연습하다 가는 건 이번이 처음이 아니었다. 그래서인지 수연이도 익숙해 보였다. 내게 있어서 대회는 특히나 더 중요했다. 친구들에게 대회에 미친년 소리를 들어가면서도 기어코 나가는 이유가 있었다. 어머니. 어머니는 내가 육상부에서 활동하는 걸 썩 마음에 들지 않아 하셨다. 대놓고 이야기하신 적은 없지만, 어투가 그러했다. 나는 그것을 부정하기 위해 매번 대회에 나가서, 금상을 받아왔다. 그럼 어머니는 한동안은 간섭하지 않으셨다. 집에서 어머니와 길게 대화해 본 적이 없다. 아버지와 이혼을 한 뒤로는 더더욱, 어머니는 항상 바쁘셨다. 그래서 우리 집은 너무나 조용했다. 우리는 너무 멀어졌다. 같이 있을 때에도 웃음은커

녕, 대화조차 나누지 않는 삭막한 공간이었다. 언젠가 진로에 대해 이야기했을 때 어머니는 말을 흐리셨지만 알 수 있었다. 주변 사람들 시선 때문이구나. 참으로 하찮은 이유였다. 나는, 내가 하는 것에 확신이 가득차 있는데, 공기를 가로지르며 달려갈 때, 호흡을 가다듬으며 땀방울을 흘려낼 때, 얼굴에 맞닿는 바람의 상쾌함과 더불어 얻는 성과들은, 나를 '나'로 만들어주는 듯했다. 나는 달리는 것이 좋다. 그러니 어머니가 또 간섭하기 전에, 이번 대회에서도 상을 타내고 말 것이다. 사실 돌이켜보면 그냥 승부욕, 자존심, 그리고 자기만족, 그런 이유 때문인지도 몰랐다. 집 안에서 벗어나게 하는 건 달리기밖에 없었다. 상쾌한 기분을 느끼게 해주는 유일한 행위였다. 나는 달릴 때 행복했다. 그것은 현실을 잊게 해 주었다.

처음엔 잡생각을 없애려 가볍게 뛰려고 했지만, 점차 욕심이 생겼다. 문제점을 분석하고 그걸 개선하기 위해서는 연습이 필요했다. 어렸을 적부터 넘어져도 언제나, 다시 일어났다. 무릎이 더럽게 까지고 흉터가 몇 번이고 덧새겨지더라도, 나는, 일어났다. 묻은 흙을 털어내고 뛰었다. 넘어져도 지지 않는 것, 그것이 내 유일한 강점이었고 그것이 나를 이끌었다. 무언가에 열중하다보면 다른 소리는 아무것도 들리지 않는다. 이번 대회는 장애물이 존재했다. 장애물에 집중하고, 시선을 모아서, 다리에 힘을 주고, 뛰었다. 장애물을 넘으면 또 다른 장애물을 넘어야 했다. 쉴 틈이 없었다. 호흡을 고르며 흐르는 땀을 닦았다. 허리를 쫙 펴고 하늘을 보았다.

구름 한 점 없는, 새파란 하늘에 하얀빛만이 내리 쬐었다.

내일이 대회니까 무리하면 안 된다고 생각해 욕심을 거두었다. 나는 정리하고 집에 갈 채비를 했다. 오늘따라 유난히 햇빛이 강했다. 장애물들을 하나하나 분리한 다음, 박스 안에 집어넣었다. 그 조각들이 쌓이자 무게가 꽤 되었다. 열쇠를 챙겨 체육창고로 박스들을 옮기기 시작했다. 그렇게 쉼 없이 옮기다보니, 어느새 마지막 박스였다. 가장 위쪽의 칸에 무거운 것을 얹고자 하니 꽤 힘이 들었다. 눈을 가늘게 뜨고, 까치발을 들어 겨우 박스를 밀어 걸쳤다.

'이제 조금만 더…'

순간, 누군가 나를 밀치는 것이 느껴졌다. 중심을 잃고 매트 위로 넘어졌다. '쾅' 하는 큰소리와 함께 창고의 서랍 위에서 아슬아슬하게 걸쳐진 박스의 내용물이 쏟아졌다. 눈물이 핑 돌도록 몸에 울리는 충격에 주저앉았고 정신을 차리고 나니, 내 오른쪽 다리 위에는 방금 전까지 내가 올리고 있던 장애물이 쌓여 있었다. 허리 부근이 아리고, 척추를 타고 고통이 온몸으로 퍼졌다. 머리가 핑 돌았다. 너무 아팠다. 숨도 제대로 쉴 수 없었다. 왜? 누가? 무슨 일이 일어난 건지 상황파악을 할 수 없었다. 오른쪽 다리에서 강하게 느껴지는 통증에 겨우 시선을 옮겼다. 왜 하필 그게 다리에 떨어졌을까. 깊은 생각은 할 수 없었다. 도움이 필요했다. 손 하나 까딱할 수 없었다. 고통을 호소하며 흐린 눈을 통해 봤던 것은 겁에 질린 민혜의 모습이었다. 묻고 싶은 것이 많았다. 멀리서 울리는 사이렌 소리와 함께 나는 눈을 감았다. 그렇게 내 하루가, 내 평생이 저물었다.

5

그날, 윤슬이 정신을 차렸을 때 본 것은 천장이었다. 갈매기 무늬의 불규칙한 회색빛의 천장에 박힌 형광등의 빛이 눈을 찔렀다. 팔에는 주사 바늘이 꽂혀 있었다. 윤슬은 자신이 누워 있는 곳이 병원이구나, 생각했다. 차츰차츰 기억을 더듬었다.

'분명, 대회에 갔어야 하는데, 나는 그날…, 그, 민혜가, 다리, 다리는?'

몽롱한 정신이 점차 현실로 다가오며 사고의 흐름이 쓰러지기 전의 기억으로 돌아가자, 윤슬은 벌떡 일어나 앉아 자신의 다리를 보았다. 윤슬의 오른쪽 다리에는 붕대가 칭칭 감겨 있었고, 놀랍게도, 다리에는, 아무런 감각이 없었다. 어지러웠다. 그냥 깁스를 해서, 아직 마취가 덜 풀려서, 여러 가지 핑계거리는 떠올랐지만 윤슬은 직감했다. 이제 더는 전처럼 달리지 못할 것 이라는 것을. 절망하기 이전에 주위를 둘러봤다. 다른 사람들은 없었다. 어쩌면 너무 적막했기 때문에 소리도 지를 수 없었다. 윤슬은 좀처럼 충격에서 빠져나오지 못했다. 그후 들어온 의사 선생님의 재활치료를 꾸준히 받는다면 걷는 것 정도는 가능할 것이라는 말은, 윤슬에게 잔인한 현실을 낙인찍는 것 같았다. 그렇게 몇 십 분이 지나고 찾아온 사람은 윤슬의 어머니도 친한 친구 수연이도, 코치님도 아니었다. 박민혜. 민혜는 밤새 운 것 마냥 퉁퉁 붓고 빨간 눈으로, 그것도 모자랐는지 말도 제대로 못 이으며 윤슬에게 말했다.

"미안, 미안해. 나는…. 나는 그냥, 다음날, 네가 대회에 못 나갈 정도로만, 그냥, 조금 다치게, 골려주려고만, 했는데, 이렇게 될 줄은, 나도…."

민혜는 윤슬의 원망을 기다렸다. 윤슬의 외침과 분노와 같은 어떠한 감정이든, 자신에게 쏟아질 것을 기다렸다. 민혜는 흐르는 눈물을 닦지 않았다. 윤슬의 눈을 쳐다보지도 못하고 바닥만 응시하며, 그저 기다렸다. 하지만 윤슬은 아무런 말도 하지 않았다. 윤슬은 결코 민혜를 원망하는 말을 꺼내지 않았다. 윤슬은 아무런 조치도 취하지 않았다. 그저 윤슬은 조용히, 아무 말도 하지 않고 민혜를 쳐다보기만 했다.

윤슬이 입을 떼려는 순간, 민혜가 우는 소리를 내며 말을 이었다.

"정말, 그런 의도가 아니었어. 미안해, 제발 용서해주면 안 될까? 너도 알잖아, 나도 대회 못 나가면 엄마랑 아빠가 얼마나 뭐라 하는데에. 내가… 내가 이렇게 빌게. 무릎도 꿇을게. 그러니까 다른 애들한테는 말…."

"하!" 새어나온 실소가 민혜의 말을 끊었다.

"내가 왜?"

윤슬은 민혜를 똑바로 쳐다보며 말했다.

"너 양심이 있니? 그럴 의도가 아니었어? 그럼 네가 원래 하려던 짓은, 그건 나쁘지 않은 거니? 내가 이렇게 안 다쳤으면, 넌 사과도 안 했겠네?"

윤슬은 뭐라 웅얼거리는 민혜의 말을 듣지도 않았다. 꾹꾹 눌러 담았던 말들이 봇물 터지듯 쏟아져 나왔다.

"내가 잘 하는 게 그렇게 꼽냐? 내가 남아서 연습할 때 넌 뭐 했는데? 너희들, 은근히 따돌리는 거 내가 몰랐을 줄 알아? 매번 나한테 하던 말, 내가 모를 것 같냐고."

민혜는 이제 더이상 사과도 하지 않았다. 입을 꾹 다물고 있는 민혜에게서 시선을 돌린 윤슬은 '꺼지라' 는, 그 한마디를 마지막으로 입을 열지 않았다. 민혜가 나가는 소리가 들리자 윤슬은 그제서야 자신의 다리를 제대로 쳐다보았다. 눈물이 흘렀다. 그는 소리를 내서 서럽게 울지는 못 했다. 하지만 물줄기가 계속해서 볼을 타고 흘러내렸다. 윤슬은 주먹을 쥐고 조용하게 현실을 부정했다. 윤슬은 민혜를 원망했다. 민혜가 왜 자신에게 그런 짓을 한 것인지 생각했다. 민혜도 윤슬과 같은, 인정받아야만 하는 처지였지만, 윤슬보다는 성실하지 못 했고, 윤슬보다는 절실하지 못 했다. 도저히 민혜의 마음가짐으로는 윤슬을 제칠 수 없었다. 하지만 윤슬이 그것을 이해하고 용서해야 할 의무는 없었다. 하지만 윤슬은 민혜를 어느 정도는 이해할 수 있었다. 그러자 윤슬은 자기 자신을 저주했다. 윤슬은 사건의 원인을 찾기 위해 돌이켰다. 민혜가 그런 행동을 하게끔 만든 것은 윤슬 본인이었다. 그는 자신을 저주했다.

왜 나는 민혜에게 한 번의 기회도 넘기지 않은 걸까. 윤슬은 입 밖으로 내뱉지는 않았지만 자신도 모르는 무의식 속에서, 민혜를 무시했던, 그 은근한 행동들을 기억해냈다. 그렇지만 윤슬과 민혜의 사이를 틀어놓은 계기는, 결국 실력이었고 대회였다. 윤슬이 그렇게까지 대회에 집착했던 이유는 그의 어머니 때문이었다. 그래서 윤슬은 자신의 어머니를 탓했다. 자신의 열정을 무시하고, 침묵으로 압박을 주었던, 그나마도 외부에 내세울 것만 있으면 눈감아주는, 그런 집안의 분위기를 탓했다. 아니다, 그의 어머니도 그만의 탓은 아니었다. 윤슬은 어머니의 어머니를 저주했다. 나라를 저주했고, 세계를 저주했고 이 모든 걸, 모든 것을 저주했다. 하지만, 아무리 생각의 꼬리에 꼬리를 물어도, 결국 윤슬은 원망해야할 대상을 찾지 못했다. 누구든지 원인 없이 결과만 제공하는 인간은 없었기 때문이었다. 모두가 모두에게 영향을 받고 있었기 때문이었다. 윤슬은 그냥 이 모든 것이 하나의 굴레라는 것을 깨달을 수밖에 없었다.

결국 윤슬은 아무것도 저주하지 않았다. 그럴 수가 없었다. 끝을 찾을 수 없었다. 그런 찰나에, 절망 끝에 몰린 윤슬의 눈에 보이는 것은 탁한, 안개에 덮인 까만, 회색 구름 한 점 없었던 밤하늘이었다. 그래서 윤슬은 하늘을 원망했다. 하늘이란 것은, 이 억압에 영향을 끼치지도, 받지도 않았다. 그저 둥글게 돌아가는 사람들을 품고 있을 뿐이었다. 그렇기에 마음껏 욕할 수 있었다. 윤슬은 왜 자신에게 이런 시련을 내리느냐고 물었다.

하지만 당연하게도 돌아오는 대답은 없었다.

윤슬은 그날 이후로 결코 현실을 인정하지 않았다.

윤슬의 시간은 그날, 그 사고가 발생한, 그날에 멈춰 있었다.

6

전화 음이 울렸다.

'이수연.' 어김없이 오늘도 전화벨이 울렸다. 수연에게는 미안한 일이었지만 그는, 마음을 추스르기도 바빠 울리는 전화를 받지 않았었다. 전화를 받으면, 수연이 무슨 말을 할지, 또 윤슬은 무어라 답을 해야 할까, 그런 생각을 하며 망설이다 보면 어느새 '이수연' 이라는 이름이 떠 있던 화면은, 곧 부재중전화의 표시와 함께 어두워졌다. 그렇다고 계속해서 이대로 지내기에는 너무 매정했다. 그도 아직, 인생이 끝나지 않았다는 것을 알고 있었다. 이대로 끝나더라도 좋은 친구를 무시할 수 없는 것이다. 윤슬은 더이상 앞으로 나아가지 못했지만, 시간이 흐르고 있다는 것은 알았다.

"아…."

그냥 잠시 보고만 있었을 뿐인데, 규칙적으로 울리던 진동과 벨소리가 멈췄다. 휴대폰의 화면은 곧 부재중 창으로 변했다. 윤슬은 휴대폰을 들고 한번 손으로 쓸었다. 다시 걸어야 하나, 하는 찰나에 곧 다시 전화가 왔다. 평소엔, 매번 한 통만 걸고 문자를 남겼었다. 오늘은 달랐다. 그도 오늘은 다른 선택을 하기로 했다. 의아함을 추스르지도 않고, 그는 덥석, 연결음이 세 번째로 넘어가기 전, 전화모양의 아이콘을 통화 쪽으로 옮겼다. 말을 안 한지 몇 날이 지났던지, 윤슬은 말을 꺼내기 전 몇 번의 기침을 거쳐야만 했다.

"여, 여보세요?"

"아, 다행이다. 전화 받는구나…. 나야, 수연이. 너 괜찮은 거 맞지? 한동안 연락도 제대로 안됐잖아! 어휴 진짜 답장이 오는 건 기대도 안 해, 읽음 표시만 뜨면 그걸로 얘가 그래도 살아있구나~ 하고 알았지. 진짜…."

수연의 목소리가 쉴 틈 없이 윤슬의 귀에 박힌다. 윤슬은 이런 대화를 듣는 게 얼마만인지, 그동안 자신이 얼마나 외면해 왔었는지를 짧게 생각했다. 생각을 깊게 이어갈 틈이 없었다. 웃음이 나왔다. 거의 공기가 빠져나가는 수준의, 헛웃음이었지만, 다리를 다치고 나서 처음이었다. 윤슬의 마음속에 수연 한 사람을 받아 줄 공간 정도는 생겼음이 틀림없었다. 대부분, 수연의 일방적인 말이었지만 실없는 대화가 이어졌다. 수연의 한 마디가 윤슬의 가슴을 찔렀다.

"너 요새도 악몽 꿔?"

"그냥…. 그럭저럭."

윤슬은 침을 삼켰다. 목이 탔다. 그럭저럭은 무슨, 눈만 감으면 눈앞의 물건들이 쏟아지는 장면이 선했다. 무의식을 잠식한 그날의 기억을 되새기는 것이 두려워 매일 밤, 잠을 청하기가 두려웠다. 윤슬은 최대한 꿈에 대해 생각하지 않으려 한다. 꿈에서 그 기억은 더 선명하게, 더 크게 다가와서 윤슬이 그날의 고통을 다시 겪는 것 같은 생생한 공포감에 시달리게 했기 때문이다. 그저 회상하는 것과는 차원이 달랐다. 매번, 같은 사고가 같은 방식으로 더 왜곡되어서 다가왔다. 어쩌면, 그가 잊으려 노력하더라도 어둠 속에 찾아오는 기억들 때문에 과거에 얽매여 벗어나지 못하는 것일지도 모른다. 윤슬은 항상, 잠을 안 자고 버티려했지만, 그러다 보니 몸이 지쳐서 쓰러지듯 잠에 들었는데, 어김없이 그 꿈이 찾아왔다. 병원에서 지낼 때 찾아왔던, 수연이 그 장면을 보았는지 물어본 질문에 윤슬은 아주, 아주 일부분을 털어놓았을 뿐인데 수연은 그걸 기억하고 나름대로의 방법을 찾아봤는가 보다.

"너, 마이디(MYD)라고 알아?"

"… 마이디?"

윤슬은 생소한 이름에 얼굴을 살짝 찌푸렸다.

"응, 그게 말이야, 약이거든. 근데 무슨, 이걸 한 알 먹고 자면 마약, 원하는 꿈을 꿀 수 있다나봐?"

"뭐…? 세상에 그런 약이 어디 있어. 불법 아니고?"

"야, 뭐래는 거야. 동네 약국에서도 구할 수 있어! SNS에서도 얼마나 핫한데? 너는 밖에 나가기… 그, 조금 꺼려하니까, 내가 사다줄게. 치료용으로도 많이 쓰인다잖아. 내 친구들은 그냥 연예인 영접 같은 데다가 쓰는 것 같지만. 흐흐. 어때? 괜찮지 않아?"

수연의 말투는 장난스러웠지만 조심스러웠다. 윤슬의 목소리만

들어도 곧 뭐든 다 놓아버릴 것 같아 보인다며 걱정된다고 수연이 전화기 너머로 말했을 때는 그가 시침을 떼긴 했지만, 솔직한 수연의 말에 가슴이 조금 뭉클하기도 하였다. 잠시간 유지되던 침묵을 수연이 깼다.

“어떠냐니깐? 전해주는 김에, 오랜만에 얼굴도 보고….”

윤슬은 특히나 약에 대해선, 더욱 거리낌이 앞섰다. 아무래도 위험해 보였다. 괜히 먹고서 상태가 더 나빠지는 게 아닐까 걱정됐다. 평소 같았다면 윤슬은 거절했을 것이다. 아무리 시대가 앞섰더라도 신종 사기 같은 거 아니냐고, 다 상술에 헛소리 아니냐고, 말하면서 말이다.

“하나만 사다줘.”

윤슬은 충동적이었다. 진짜냐고, 이제 수업도 끝났으니깐 청소만 하고 금방 사서 갖다줄 테니 마음 바꾸기 없다며 호들갑을 떨던 수연은 전화를 끊었다. 윤슬 자신도 선뜻 수락했단 것이 놀라웠다. 어쩐지, 무력했던 하루에 무언가 변화가 생긴 것 같았다.

전화가 끊긴 지 삼십 분도 되지 않아서 초인종 소리가 들렸다. 윤슬은 목발을 짚고, 넘어지지 않기 위해서 천천히 걸어가 문을 열어주었다. 윤슬은 문틈 너머로 보이는 수연을 향해 고맙다고 옅게 웃음 짓고, 구겨진 삼만 원을 건넸다. 수연은 돈 받을 생각이 없었다며, 하다못해 잔돈이라도 받아야하지 않겠냐고 이야기했지만 윤슬은 괜찮다고, 그때 사주지 못 했던 아이스크림 값이랑 퉁치자고 말하며 곧장 다시 문을 닫았다. 윤슬은 그날의 일을 언급 하자마자 스쳐지나가는 오만 기억에 머리가 지끈거렸지만, 그것을 수연에게 티를 낼 만큼 허술하진 않았다. 오랜만에 얼굴을 마주하고 할 이야기는 생각보다 많았지만, 그는 수연의 학교 얘기와 육상부 얘기, 빨리 돌아오지 않겠냐는 은근한 압박을 견딜 용기가 부족했다. 윤슬은 천천히 걸어가, 자신의 방 침대 걸터앉아서 약 상자를 뜯고, 설명서를 읽었다.

'잠들기 30분 전에…. 하루에 한 알 권장, 원하는 것을 상상하시오?'

윤슬은 너무 터무니없는 것 아니냐고 생각했다. 계속되는 의심을 거둘 수 없었다. 또 꿈을 꾸는 것에 있어서 딱히 원하는 것도 없었다. 윤슬 자신이 진정으로 원했던 것은 꿈속에서 이뤄지고 싶은 것이 아니라, 현실에서의 일이었기 때문이다. 가능하기만 한다면, 다치기 이전의 시간으로 되돌리고 싶었다. 예전과 똑같이. 과거로, 미래로 나아가지 않아도 되도록 돌아가고 싶었다. '그건 불가능하니까. 하지만….' 윤슬의 손에는 분명 약이 들려 있었다. 말도 안 된다고 생각하면서도 묘한 기대감과 부작용에 대한 불안이 공존했다.

'이렇게 꿈을 꿔봤자, 현실에서 달라지는 것은 아무것도 없지 않나? 이게 정말 도움이 될까?'

윤슬은 이제 그만 생각하자며 고개를 저었다. 악몽을 꾸지 않을 수 있기만 해도 감지덕지였다. 윤슬은 설명서를 약 상자와 함께 침대 옆 탁자에 올려두고 한 알을 삼켰다. 침대에 누워서, 이불을 덮고 눈을 감았다.

'내가 원하는 것…. 그래, 나는 달리고 싶다. 다시 전처럼 바람의 감촉을 느끼고 싶어.'

점차 졸음이 쏟아졌다. 정말로 약이 작용할지에 대한 그렇게 커다란 기대감은 없었지만 그래도, 왠지 오랜만에 편안하게 잠들 수 있을 것 같았다.

7

눈이 떠졌다. 아니다, 분명 나는 자고 있다. '꿈인가?'

나는 조금 어지러웠다. 두 손은 허공을 향했는데도 나는 올곧게 서있었다. 나는 손으로 입을 막았다. 미쳤어. 울컥 눈물이 나올 것 같았다. 걸을 수 있었다. 돌아온 감각이 익숙하지 않아 걷는 모양새가 어색했지만 곧 되돌아왔다. 내가 걸을 수 있었다. 다시 예전처럼. 오히려 지나온 모든 날이 악몽이고 이쪽이 더 현실 같았다. 아니, 그랬으면 좋겠다. 나는 발목을 털고, 가볍게 달려 보았다. 그리고 곧 그 자리에 쭈그려 앉았다. 웃음이 새어나왔다. 내가 뛸 수 있다! 달릴 수 있었다. 더이상 나는 목발 없이는, 그 자리에서 고꾸라질 수밖에 없는 사람이 아니었다. 기쁘다. 달리고, 달리고, 달렸다. 땀방울이 맺히고 호흡이 가빴다. 한참을 달리다가 멈춰 서서 가슴에 손을 얹고, 가쁜 숨을 골랐다.

"말도 안 돼. 말도 안 돼. 말도 안 돼!"

웃음이 멈추지 않았다. 믿을 수가 없다. 머리로는 선명했지만, 점차 잊혀져가던 감각들이 되살아났다. 내가 얼마나 이 기분을 원했는지, 다시금 깨달았다. 허벅지의 근육에, 힘이 들어갔다. 오른발은 내 의지대로 움직였다. 모든 것이 내 통제 하에 있었다. 드디어 내 몸이 내 몸 같다. 아! 이래서, 이래서. 이렇게 실제보다 더 실제 같은데, 멍청한 약이 아니었다. 돌아온 감각을 느끼고 충분히 즐긴 뒤에서야, 뒤늦게 '내가 서 있는 여기는 어디지?' 하는 생각이 들었다.

주위를 둘러보자 명월여고, 내가 다니는 학교가 보였고 내가 딛고 있던 바닥은 곧 운동장의 모래였다. 수연이와 코치님, 다른 육상부 후배들과 동기들. 순차적으로 점점 뚜렷한 형상을 띠었다. 싫은 모습은 전혀 보이지 않았다. 나에 대해 욕하는 소리도 들리지 않았고 그 이상한 기시감도 들지 않았다. 산뜻한 바람 내음이 코를 스쳤다. 너무 믿기지 않아서 되려 사실 같았다. 즐길 수 있을 때 즐겨야지! 나는 여유로운 감정을 한껏 즐기고, 들뜬 흥분감은 별로 감추려 하지도 않았다. 어쨌든 여기에서는 난 달릴 수 있고, 아무런 문제가 없기 때문이다. 아, 이젠 아무래도 좋았다.

8

"우리 윤슬이, 잘한다!"

한 번도 들어본 적 없는 밝은 목소리였지만 익숙했다. 몸을 틀었을 때 웃으면서, 자신을 응원해주는 어머니를 보고 윤슬은 표정을 굳혔다. 윤슬은 확실하게 느낄 수 있었다. '꿈이구나.'

윤슬의 모는 윤슬을 지지해줄 리 없었다. 모든 게 가능했던 꿈속에서조차도, 윤슬에게 현실감을 느끼게 했던 것은 다친 적이 없다는 듯 달릴 수 있다는 사실도, 자신의 다리가 다치게 된 주 원인인 민혜도 아닌, 자신을 보고 잘한다고 이야기하는 어머니였다. 분명 윤슬이 원했던 그림이었지만, 이렇게 갑자기, 다른 사람처럼 구는 것을 보니 진절머리가 났다.

그렇게 윤슬은 눈을 떴다. 이번엔 잠에 빠진 채가 아닌, 정말 맨 정신으로. 오른쪽 다리에 힘이 들어가지 않는 현실 속에서 눈을 떴다. 옅은 두통이 찾아왔지만 곧장 진정됐다. 윤슬은 천천히 몸을 일으켜 침대 머리맡에 기대앉았다.

'이게 정말 가능하구나, 이런 약이 정말 존재했구나.'

윤슬은 새삼 감탄했다. 그리고 자신의 꿨던 꿈에 대해서 찬찬히, 다시 생각했다.

윤슬은 이제껏 충격에 휘감겨 잊고 있었다. 자신이 얼마나 달리기를 좋아했었는지, 그 감정을 잠시 잊고 있었다. 어쩌면 윤슬은 잊고 싶었던 것일지도 모른다. 병실에 앉아서 민혜를 보내고 한참 뒤에 오신 어머니에게 들었던 그 말은 날이 갈수록 선명해졌다.

"참 안 된 일이지만, 이왕 이렇게 된 것 공부나 열심히 하렴. 머리를 안 다친 게 어디니?"

윤슬은 대답하지 않았다. 하지만 그 차분한 말은 윤슬의 뇌리에 박혀 잊히지 않았다. 평소와 같은 목소리. 하다못해 '괜찮니?' 그런 단순한 한 마디라도 듣고 싶었다. 윤슬은 과거를 회상하며 생각했다. 윤슬 자신도 내심 안심을 한 것이 아니었을까. 윤슬도 자신이 쉽지 않은 길을 선택하고 있다는 것을 잘 알고 있었다. 현실적으로 다시 달린다는 것은 윤슬에게 불가능과 같다는 것을 알고 있었다. 어머니와의 마찰 없이 얌전하게 그가 원하는 방향으로 가는 편이 훨씬 편할 것이라고 생각했을지도 모른다. 날개를 잃은 지금, 하늘로 날아가고 싶었던 꿈은 산산이 부서졌고 그 조각을 모으는 데 지쳐 그때의 감정들은 희미해져갔다. 그러나 어젯밤의 꿈으로 인해 윤슬은 다시금 자신의 열정을 알 수 있었다. 확신을 가질 수 있었다. 자신이 무엇을 원하는지를 제대로 실감할 수 있었다. 하지만 현실의 몸은 전과 같지 않았다.

그럼에도 윤슬은 허상 속에서 의지를 실현하고 싶지 않았다. 약을 통해 정신을 회복했으니 이제는 육신을 회복하고 싶었다. 윤슬은 목발을 짚고 걸었다. 망설일 시간이 없었다. 그리고 어김없이 식탁 위에 놓인 돈을 보았다. 오늘은 그 돈으로 짜장면을 시켰다.

제대로 먹지 않아서 상한 뱃속으로 음식을 집어넣으려니 역했다. 하지만 윤슬은 꾸역꾸역 삼켰다. 살아야 했기 때문에. 하늘의 억압에 눌려 죽지 않기 위해서 윤슬은 이를 악 물고, 살기 위해서 먹었다. 그리고 윤슬은 기다렸다. 곧 어머니가 집에 올 시간이었다.

현관문의 비밀번호를 누르는 소리가 들렸다. 윤슬은 소파에 앉아있었다. 윤슬의 어머니는 조용히 신발을 가지런히 벗고 들어왔다. 조용한 가운데 윤슬의 어머니는 주방으로 가 서랍에서 홍차 티백을 꺼냈고 유리잔에 물을 받아 홍차를 우리기 시작했다. 투명한 물이 붉은 빛으로 물들어 갈 때 쯤 윤슬이 입을 뗐다.

"엄마. 나 재활치료 할래요."

긴장됐다. 하지만 흔들림 없이 이야기했다. 윤슬의 어머니는 아무 말도 하지 않으셨다.

"학교도 다시 나가고 싶어요."

윤슬은 말을 이었다.

"잘 생각했구나."

윤슬의 어머니는 짧게 대답했다. 정적 속에 윤슬의 어머니가 차를 마시는 소리가 들렸다. 겉보기에 아주 평화로운 오후였다.

"그리고 다시 달리고 싶어요."

유리잔과 식탁이 마주하는 소리가 집 안에 울렸다. 윤슬의 시선은 거실의 카펫을 향해 있었다. 회색과 베이지색이 번갈아 자리한 고운 카펫의 짜임새. 마치 윤슬 자신의 어머니처럼, 화려하지는 않지만 패턴이 일정했고 변수는 없었다. 윤슬은 어머니의 반응을 기다렸다. 어머니의 표정은 항상 읽기 어려웠다. 표정의 변화가 거의 없었기 때문이다. 윤슬은 이번에도 어머니가 부정적인 대답을 할 것이라고 생각했다. 윤슬은 어머니의 반응이 어떻든 간에 자신의 의지를 꺾지 않을 것이라고 다짐했다.

"그게 가능하다고 생각하니?"

어머니는 아무렇지도 않게 유리잔을 들고 입으로 가져갔다가 한 모금 들이키고 다시금 식탁에 내려놓았다. 완벽한 자세였지만 윤슬의 눈에는 어머니의 손에 머문 희미한 떨림이 보였다.

"나도 알아요. 하지만 취미 정도로는…!"

"방에 틀어박혀 있는 걸 보고 있으면 얼마나 답답한 줄 아니? 공부도 안 하고…, 의사는 내가 알아볼 테니 착실하게 치료 받아라. 재활하는 걸, 반대하진 않겠다."

윤슬은 화가 났음에도 당장에 어머니가 반대하지 않는 것을 다행으로 여기는 수밖에 없었다. 윤슬도 자신의 처지를 받아들이고 있으니까 더이상 그는 그의 어머니에게 뭐라 대꾸할 수가 없었다. 작은 희망이라도 품고 있었지만, 역시나인 현실을 맞닥뜨리자, 그는 울음에 목이 막혔지만, 익숙했다. 윤슬은 고개를 푹 숙였다. 어두운 정적 사이에 그의 어머니가 말을 꺼냈다.

"넌 항상 내 말을 듣질 않았다. 이번에도 그럴 거잖니. 또, 어떻게든 방법을 찾아낼 거잖니."

어머니의 말에는 힘이 실려 있었다. 윤슬은 느낄 수 있었다. 윤슬은 그 순간에, 어머니에게서 가능성을 보았다. 윤슬은 가슴에서부터 올라오는 뜨거운 열기를 참을 수 없었다. 어머니의 감은 눈과 떨리는 목소리와 머뭇거리는 손짓과 같은, 그 사소한 차이가, 매일 아침 먼지 한 톨 없는 창문, 자기 전 던져뒀음에도 바르게 세워져 있던 목발, 항상 깨끗하게 닦여 있던 상패들을 떠올리게 해주었기 때문이었다. 그가 어머니의 말에 굴하지 않을 것이라는 사실에도, 그가 그의 인생을 살아가는 것을 부정하는 어머니조차도, 그를 아끼지 않을 수 없었던 것임을 의미한다는 것을 알 수 있었다.

윤슬은 그제서야, 비로소 밖으로 나가야겠다고 확신할 수 있었다.

윤슬은 치료를 시작했다. 하루하루 몸을 움직일 때마다 버거움이 그를 내리눌렀고 그럴 때마다 윤슬의 시선은 마이디에 자연히 꽂혔다.

'이게 다 무슨 소용이야. 전처럼 달리지도 못 할 텐데…. 아, 그 꿈, 정말 좋았지. 정말 진짜 같았고, 날 막는 장벽도 없었고.'

이대로 더 나아질 기미가 보이지 않을 때, 윤슬은 한참이나 고민했었다. 하지만 유혹을 뿌리칠 수 있었던 것은 단순한 두려움과 의지였다. 달콤함을 맛보기에는 위험이 너무 컸다. 각종 인터넷에, 심지어는 같은 학교의 학생들이 곧장 초췌해져 가는 꼴을 보니 자연스레 겁이 났다. 또한 그는 이 모든 일을 극복하고 싶었기에, 약

상자를 구겨 쓰레기통에 넣을 수 있었다. 그는 어머니의 말 또한 들을 생각이 없었다. 어머니의 말은 그의 벅차오르는 감정과 열망을 억누를 수 없었다. 애증 섞인 마음이 윤슬의 가슴에 들어왔다.

반드시 성공해서 엄마의 인정을 받을 것이라는 그의 마음을 약으로 성취한다면, 현실의 암울함은 그를 우울함으로 잡아끌 것이 틀림없었다. 마치, 그가 과거에 얽매여 앞으로 나가지 못 했던 그 뭉게구름 아래에서의 날들과 같이. 그래서 그는 결코 포기하지 않았다.

⑪

윤슬은 비가 오는 운동장에 서 있었다. 그는 꿈을 꾸고 있지도 않았지만, 목발 없이 서 있었다. 그의 발에 보조 장치가 필요하다는 것 이외에는, 모든 일이 있기 전의 시간과 같았다.

하늘에 흰 구름은 없었다. 하지만 푸르지도 않았다. 태양은 먹구름에 가려 빛을 잃었지만, 소나기는 시원하게 쏟아 내렸다. 윤슬은 그 자리에서 빗줄기를 맞으며 모든 것을 쏟아 내었다. 온갖 감정을 씻었다.

분명 비가 그치면 다시 해가 뜰 것이고, 똑같을 수 없는 푸른 하늘을, 윤슬은 마주할 것이다. 윤슬은 더 이상 내일을 피하지 않을 것이다.

서지원

꿈에서 깨어

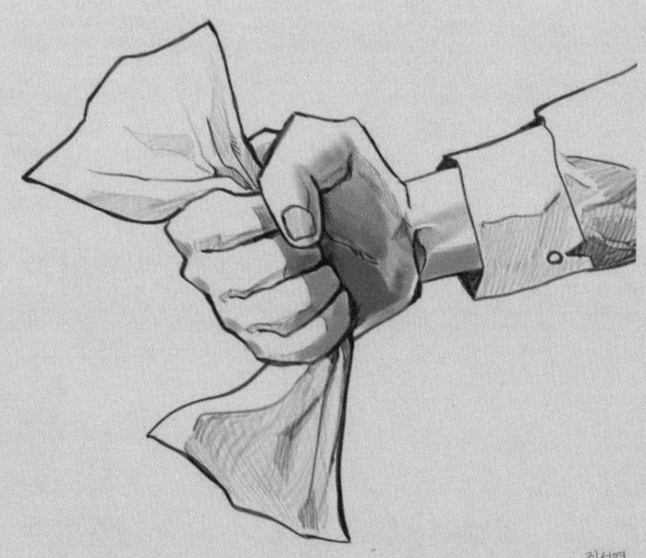

진서연

가느다란 샤프심이 종이 위에서 제구실을 제대로 해내지 못하고 하염없이 겉돌았다. 삐뚤빼뚤한 곡선을 그리며 종이 모서리를 채워나가던 샤프심은 곧 누군가가 문을 두드리는 둔탁한 소리에 힘없이 부러져버리고 말았다.

"주희야, 이거 먹고 하렴."

노란빛의 복숭아가 가지런히 놓여 있는 트레이를 한 손에 든 경선이 문을 열고 들어왔다. 경선임을 확인한 주희는 삽시간에 온몸이 경직되었다. 항상 이랬다. 평소에는 가정부 아주머니가 해오시던 일인데, 시험기간만 되면 이렇게 간식을 가져다주는 척하며 공부는 잘하고 있는지 딴짓을 하고 있는 건 아닌지 감시를 하러 오는 것이다. 어느새 주희 바로 뒤까지 다가온 경선은 펼쳐진 문제집 바로 옆에 트레이를 놓으며 한쪽 손을 주희의 오른쪽 어깨에 툭 얹었다. 주희는 문제집을 슬며시 훑어보는 경선의 눈빛을 일찌감치 느꼈다. 그제서야 주희는 오른손을 빳빳하게 움직여 한쪽 모서리에 까맣게 채워진 낙서들을 가렸다.

"집중이 잘 안 되니? 엄마가 이번 시험 중요하다고 한 거 잊지 않았지? 주희는 엄마 실망시키지 않을 거라고 믿어."

주희의 오른쪽 어깨에 얹어진 경선의 손에 힘이 들어갔다. 주희는 고개를 끄덕였다.

"걱정하지 마세요."

주희의 대답이 마음에 들었는지 경선은 한쪽 입꼬리를 말아 올리곤 방을 나섰다. 주희는 숨을 크게 들이쉬고 구깃해진 종이 위로 문제의 풀이를 써 내려가기 시작했지만, 얼마 가지 못해 멈춰버리고 말았다. 머릿속에서 금방이라도 지금까지 썼던 모든 수식들이 터져 나올 것 같은 느낌이었다. 주희는 아직까지도 다 풀지 못한 문제집 한쪽을 구겨서 찢어버리고 그대로 책상에 엎드려버렸다.

주희는 어렸을 때부터 주위 풍경들을 그림으로 나타내는 것을 좋아했다. 사람들의 웃고 있는 모습, 지저귀는 새들, 담벼락 위를 거니는 고양이 등등. 주희가 초등학생 시절 경선도 그녀가 그림 그리는 것을 딱히 제지하거나 싫어하지는 않았다. 어릴 때는 공부도 잘하고 그림도 잘 그려서 안 좋을 게 딱히 없었으니까. 하지만 시간이 점점 흐를수록 그림 때문에 공부하는 시간이 줄어들기 시작하자 경선은 주희를 점점 압박하기 시작했다. 조그마한 낙서일지라도 경선은 절대 용납하지 않았고 그럴수록 주희는 공부라는 늪에서 더욱 발버둥쳐야 했다. 이제 주희에게는 학교에서 주어지는 고작 한두 시간의 미술시간이 전부였다. 그래서인지 주희는 더욱더 미술시간에 열정적으로 임했다. 이 한두 시간의 미술시간은 주희에게 숨 쉴 틈을 내어주는 산소호흡기 같은 존재였다.

"주희는 선생님이 봤을 때 미술 쪽에 재능이 있는 것 같은데, 한 번 생각해 본 적은 없니?"

주희가 한창 나비 그림을 그리고 있을 때 미술선생이 다가와 한 말이다. 주희는 물감이 흥건히 묻은 붓을 슬며시 내려놓았다. 주희가 그린 그림은 누가 봐도 눈을 뗄 수 없게 만드는 묘한 매력이 있었다. 화려한 색을 많이 쓰지 않아도 충분히 역동적이었고, 딱히 디테일하지 않아도 무엇을 표현하려 한 것인지 명확히 드러났다.

미술선생은 이런 주희의 그림을 볼수록 속상하기 그지없었다. 누구보다 열심히 하고 분명히 재능도 있는데 미술실 밖에선 한시도 쉬지 않고 공부만 하니. 이젠 주희가 안쓰러워 보일 지경이었다.

주희도 이런 자신이 답답하긴 매한가지였다. 진심으로 하고 싶은 일이 바로 눈앞에 있는데도 손도 뻗지 못한다니.

공부보다 더 하고 싶은 일, 항상 죽은 듯이 고요하기만한 가슴을 뛰게 하는 유일한 일, 주희는 절실히 그것을 하고 싶었다. 주희는 미술시간마다 그린 몇 장의 그림들을 자신의 방 서랍 맨 끝 칸 아주 깊은 곳에 숨겨 놓았다. 경선을 포함한 그 누구도 찾지 못하게. 그렇게 주희는 자신의 꿈을 어둡고 비좁은 그곳에 꼭꼭 숨겨두었다. 언젠간 세상에 나오길 기대하면서.

오늘은 유난히도 날씨가 흐렸다. 금방이라도 비가 내릴 것처럼 시커먼 구름들이 하늘을 채우고 있었다. 주희는 혹시 몰라 서랍장의 자물쇠를 더 단단히 채우고 집을 나섰다. 그래도 왜인지 불안하긴 매한가지였다. 무슨 일이 생길 것만 같았다. 기분 나쁜 습기가 주희의 온몸을 에워쌌다.

학교 종이 울림과 동시에 주희의 휴대폰도 울렸다. 주희는 자신에게 날아온 문자 한 통을 순식간에 읽어 내려갔다. 문자의 내용은 대충 이런 내용이었다. 갑작스럽게 학원 선생님의 개인 사정으로 인해 오늘 수업이 취소되었다는 것. 예상치 못한 기분 좋은 소식에 주희의 입꼬리가 씰룩 올라갔다. 하루도 빼놓지 않고 가서 밤 10시가 넘어서야 나올 수 있는 그 끔찍한 학원인데, 기분이 안 좋을래야 안 좋을 순 없었다. 지금이면 아직 경선도 집에 오지 않았을 시간이었다. 주희는 설레는 마음으로 집에 가서 무얼 할지 생각했다. 조금의 생각 끝에 주희는 다음 미술시간에 그릴 그림을 구상해 봐야겠다고 생각했다. 주희는 서둘러 집으로 발걸음을 옮겼다. 그 어느 때보다도 발걸음이 가볍게 느껴진다고 생각한 주희였다. 이때까지만 해도 시커먼 하늘에서는 비가 쏟아져 내리지 않았다.

"……"

설레는 마음으로 방으로 뛰어 들어간 주희는 자신의 눈앞에 펼쳐진 상황을 보고 더이상 움직일 수도, 무슨 말을 할 수도 없었다. 오늘 아침부터 불안했던 그 느낌은 지금 이 상황을 예고해 주려고 그런 것이었나.

"고작 이런 거 그린다고 성적이 그렇게 떨어진 거였니?"

주희는 그림을 그릴 때 진정으로 행복했고, 즐거웠다. 그런 자신의 그림들이 고작 성적을 떨어지게 하는 '이런 거'로 치부된다는 게 너무나 화가 났다. 주희는 눈도 깜짝 않고 바닥만 응시했다. 말아 쥔 주먹이 부들부들 떨렸다.

"상관하지 마세요."

"어떻게 상관을 안 하니! 너 조금이라도 더 좋은 대학 보내려고 내가 어떻게 했는데."

"그럼 그렇게 공부하고 좋은 대학교 나와서 엄마가 그렇게 원하시는 돈 잘 벌고, 사람들이 우러러보는 그런 직업을 가지면, 그 다음은요? 그건 제가 진정으로 좋아하는 일이 아니잖아요."

나름대로 말하다가 울지 않으려 노력한 주희였지만, 마음대로 눈가에 차오르는 눈물을 막을 수는 없었는지 울렁이는 눈동자는 경선에게 닿지 못하고 그 주변만을 하염없이 맴돌았다.

"아~ 그럼 네가 진정으로 좋아하는 일이 이거니? 고작 이거야? 세상에 그림 잘 그리는 애들은 널리고 널렸어. 칭찬 몇 번 들었다고 네가 아주 잘 그린다고 생각하나 본데, 아니야. 고작 이런 걸론 성공 못 해."

"성공 못 해도 괜찮아요. 하루 종일 학교 아님 학원에 틀어박혀서 공부만 죽어라 하는 저에게 부모님이 말하시는 고작 그딴 그림 하나가 숨 쉴 구멍이란 말이에요. 한 번만이라도 제가 하고 싶은 게 뭔지, 좋아하는 건 뭔지 관심 가져 보신 적은 있으세요?"

항상 가슴속에 응어리로만 있던 것을 입 밖으로 내뱉으려니 여간 힘든 것이 아니었다.

힘껏 쏘아붙이고 나니 숨도 찼다. 더이상 이 공간에서 경선과 있을 수 없겠다고 판단한 주희는 그대로 집밖으로 뛰쳐나왔다. 언제부터였는지 비는 세차게 내리기 시작해 땅을 축축하게 적시고 있었다. 우산을 가지러 집으로 다시 들어가기는 싫어 주희는 비를 그대로 다 맞았다. 걸어서 걸어서 아무도 없는 버스정류장에 가 앉았다.

걸어 다니는 사람도, 도로 위의 차들도 모두 어딘가로 돌아간 것인지 사방이 조용하고 적막하기만 했다. 주희는 지금 이 상황에서도 내일 학교를 가야 한다는 것을 생각하고 있는 자신이 너무 짜증났다. 그냥 이대로 시간이 멈춰버렸으면 좋겠다고 생각했다. 비에 젖어 몸에 딱 달라붙어 버린 교복은 생각보다 더 차가웠고, 혼자라는 공허함은 생각보다 더 서글펐다.

몸을 일으키자마자 느껴지는 온몸의 통증과 울리는 머리통 때문에 주희는 다시 침대에 쓰러질 뻔했다가 가까스로 앉을 수 있었다. 손바닥을 이마에 대어보니 미미한 열이 느껴졌다. 어제 결국 주희는 모두 자는 시간이 되어서야 몰래 집으로 들어와 씻고 옷을 갈아입을 수 있었다. 비를 맞았으니 감기가 걸릴 거라고 예상은 했었지만 이렇게 심할 줄은 미처 몰랐었다. 주희는 비틀거리는 몸으로 침대에서 일어나 먼저 온 방을 다 뒤졌다. 어제 그렇게 집을 나온 뒤로 경선에게 발견되었던 자신의 그림이 너무나 신경이 쓰였던 것이다. 어젯밤엔 찾을 여유도 없어서 씻고 바로 침대에 뻗었던 기억밖에 나지 않았다. 그림은 아무리 찾아봐도 없었다. 경선이 들고 갔음이 분명했다.

하교 후 집으로 돌아오는 길에 이대론 안 되겠다 싶어 주희는 약국으로 향했다. 병원까진 가기 귀찮고 약만 먹으면 조금 괜찮아질 것 같았다. 약국엔 사람이 꽤 있었던지라 주희는 조금 기다려야했다. 약국의 낡은 의자에 앉아있으니 유난히 주희의 눈에 띈 것이 하나 있었다.

"저 감기약 하나 주세요. 아 그리고……."

주희는 불룩한 약봉지를 책가방에 쑤셔 넣으며 약국을 나섰다. 학원을 마치고 돌아온 주희는 현관에 경선의 신발이 있는 것을 확인하고 집안으로 들어섰다. 그리곤 곧장 경선에게로 다가갔다.

"제 그림 어쩌셨어요?"

절대 경선의 앞에서 떨거나 약한 모습을 보이지 않겠노라고 다짐은 했지만, 목소리는 제멋대로 미약하게 떨렸다.

"제가 모아 놓았던 그림들 다 어쩌셨냐구요?"

"버렸어. 이제부터 그런 거에 손 댈 생각도 하지 마."

주희는 온몸의 힘이 탁 풀어지는 것을 느꼈다. 어떻게 그린 그림인데, 어떤 심정으로 그린 그림인데, 어떻게 나한테 이럴 수 있어.

주희는 자신을 지나치는 경선의 뒤로 쓰레기통 안에 들어있는 자신들의 그림을 바라보았다. 지금 주희의 마음처럼 아무렇게나 구겨지고 갈기갈기 찢겨져 있었다. 주희는 쓰레기통을 통째로 들고 자신의 방으로 돌아왔다. 주희는 한참 동안이나 차가운 맨바닥에 앉아 쓰레기통만을 꼭 끌어안고 있었다.

곧이어 주희는 구겨진 종이를 한 장 꺼내서 있는 힘껏 폈다. 구겨진 흔적이 가득한 종이 위엔 날개가 찢겨진 채 하늘 위로 날아오를 준비를 하고 있는 나비 한 마리가 그려져 있었다.

“야, 너 그래서 어제 마이디 먹어 봤어?”

“아니……. 나는 무서워서 도저히 못 먹겠더라.”

“야. 뭐가 무섭냐! 내가 어제 먹어봤거든? 와… 완전 신세계야, 신세계.”

“진짜? 그래도 부작용 이런 거 있으면 어떡해…”

쉬는 시간, 웅성이는 반 친구들의 말소리 뒤로 마이디에 대해 얘기를 나누고 있는 친구 두 명의 목소리가 문제집을 푸는 주희의 귀에 유난히 크게 들리기 시작했다. 주희는 어느새부턴가 그들의 얘기에 귀를 기울이고 있었다.

“야. 부작용이 있으면 그렇게 많은 사람들이 그걸 돈 주고 사먹겠냐?”

“그런가……. 그래서 너 어제 무슨 꿈 꿨는데?”

“들어봐봐! 어제 내 꿈에 우리 오빠들이 나와서 뭐했는지 알아? 나랑 같이 데이트 했다니까! 근데 진짜 실제 같더라. 와… 나 오늘 학교 오느라고 진짜 죽을 뻔했잖아.”

“대박! 진짜 꿈에선 자기가 원하는 게 다 이뤄지나 보네.”

주희는 볼록하게 튀어나온 치마 주머니를 만지작거렸다. 동그랗게 생긴 일반 약통이 천 조각 너머로 느껴졌다. 며칠 전에 감기약을 사러 약국에 갔을 때 주희의 눈에 띈 마이디였다. 주희는 이미 마이디에 대해 알고는 있었다. 언제부턴가 SNS에서 갑자기 뜨기 시작하더니 이젠 교실에서 하루라도 마이디 얘기가 안 나오면 이상하게 생각될 만큼 화제가 되고 있는 약이었다. 자신이 원하는 것을 꿈에서 뭐든지 이뤄주는 약. 처음에는 그저 한심하게 생각했었다. 원하는 것을 이루기 위해 더 노력해도 못할망정 되도 않는 약이나 먹으며 꿈을 꾼다는 사람들이. 그런데 지금 그 약을 떡하니 산 것도 모자라 한 번 먹어 보고 싶다는 충동까지 느끼고 있으니, 주희는 헛웃음이 났다. 그만큼 지금의 상황에서 도망치고 싶었다. 기말고사는 점점 다가오고, 이젠 그렇게 좋아하는 그림마저도 제대로 그릴 수 없으니. 정말 어딘가로 탈출하고 싶은 삶의 반복이었다.

"저번에 보니까, 주희 너 국어 성적이 엉망이더라. 엄마가 학원 다니자고 할 때 군말 말고 다녔었어야지. 혼자 할 수 있다고 해서 그냥 내버려두었더니 점수가 그게 뭐니. 엄마가 학원 알아봐 놓았으니까 다음주부터 꼬박꼬박 다녀."

10시를 한참 넘어선 시각. 주희는 집에 들어오자마자 경선의 일방적인 통보를 듣게 되었다. 주희의 의견이라곤 1도 들어가지 않은, 오직 경선의 맘대로 결정한 통보 말이다.

주희는 아무 말도 하지 않은 채 빠른 걸음으로 방에 들어왔다. 책가방은 바닥에 아무렇게나 던지곤 침대에 몸을 날렸다. 주희는 교복 주머니에 있던 하얀 약통을 꺼내 들어보았다.

일반 약들과 별반 다르지 않는 모양새가 주희의 궁금증을 더 유발했다. 이것만 먹으면 원하는 꿈을 꿀 수 있다.

내가 원하는 삶. 누군가가 이래라저래라 하지 않는, 내가 좋아하는 일들이 존중 받을 수 있는 그런 삶. 오직 나만이 만들어가는 나의 삶.

주희는 어딘가에서 눈을 떴다. 그곳은 분명 주희의 방이었지만 전혀 달랐다. 분위기나 풍경 모두. 커튼이 활짝 열린 창문을 통해 따뜻하게 일렁이는 햇빛이 주희를 비추고 있었다. 주희는 하얀 캔버스 앞에 앉아 있었다. 전혀 느껴보지 못했던 아늑하고 포근한 기분이었다. 주희는 눈을 감았다. 옅은 물감 냄새가 났다.

똑똑. 누군가가 노크를 하는 소리에 주희는 화들짝 놀랐다. 하지만 전처럼 경직이 되거나 불안하지 않았다. 도리어 샐쭉 웃음이 날 만큼 기분이 좋았다.

"주희야, 이거 좀 먹으면서 해."

경선은 과일이 가득 담긴 트레이를 테이블 위에 두고 주희의 곁으로 다가왔다. 경선의 한쪽 손이 주희의 어깨에 닿았다. 주희는 경선의 손이 닿는 그 느낌이 싫지 않았다. 부드럽게 어깨에 감기는 느낌. 자신을 향한 올곧은 신뢰와 존중이 느껴지는 손길이었다. 주희는 그제야 자신의 방을 천천히 훑어보았다.

방 한 켠에 붙여진 종이 한 장. 오색찬란한 나비 한 마리가 날아갈 준비를 하는 그림 한 장이 벽 한 켠에 당연하다는 듯이 자리를 꿰차고 있었다. 주희는 가슴이 벅차오르는 것을 느꼈다.

주희는 다시 눈을 떴다. 아직 해가 뜨기 전의 캄캄한 새벽이었다. 주희의 가슴이 평소보다 빠르게 상하로 움직였다. 진짜로 꿨다. 꿈 같지 않은 그런 꿈을. 자신이 그렇게나 갈망하던 삶을 몇 시간 동안이나마 살아보고 왔다. 그렇게 잠깐 훑어보고 온 그 삶은 주희의 생각보다 더 가슴이 벅찼고, 설렜다. 잠에서 깨고 싶지 않을 만큼. 입에 들어오자마자 녹아버리지만 잊혀지지 않을 달콤함만을 남기고 가는 솜사탕처럼, 그 삶은 순식간에 주희에게서 떠나가 버렸다. 캄캄한 방안은 익숙했지만, 따스함이 꿰뚫고 지나간 뒤라 그런 것인지 마음은 더 공허해진 것 같았다.

기말고사가 한치 앞으로 다가오기 시작했다. 주희는 매일을 경선이 짜놓은 루틴에 맞게 쉴 틈 없이 움직여야만 했고, 그날 이후로 경선은 주희를 더욱더 감시하고 압박했다. 몇 시간에 한 번꼴로 주희는 스트레스가 발가락에서부터 머리카락 끝까지 차곡차곡 차오르는 것을 느낄 수 있었고, 그럴수록 이를 꽉 깨문다거나 손톱으로 살을 세게 짓누르는 등 평범하지 않은 방법으로 스트레스를 해소하곤 했다. 그리고 몸과 정신 모두 지쳐 침대에 쓰러질 때면 마이디를 찾았다. 거의 매일 밤. 처음엔 한 알씩 먹었지만 지금은 두 알씩이었다. 그러다보니 평소라면 절대 하지 않는 지각을 하는 횟수가 점점 늘기 시작했다. 또 이상하게도 수업시간에 그렇게 졸아댔다. 몇 없는 친구가 걱정을 할 정도로.

이렇게 제정신이 아닌 것만 같은 상태로 수업시간에 공부하고, 학원에서 돌아오면 그땐 정말 내 몸이 내 몸이 아닌 것만 같았다. 하지만 그 정신에도 마이디를 잊지는 않았다. 이젠 자기 전에 마이디를 먹는 것이 거의 습관이 되어버린 것 같았다. 한두 알 남은 알약이 통 안에서 짤랑거렸다. 주희는 주말에 약국을 들러야겠다고 생각하고 남은 알약을 입안에 다 털어 넣었다.

주희는 이른 아침부터 책상에 아무렇게나 펼쳐져 있는 교과서들을 분주히 책가방에 쑤셔 넣었다. 어젯밤에는 마이디를 먹지 않고 새벽을 새다시피 해서 시험공부를 했다. 시험 전날 컨디션을 위해 늦은 새벽까지 자지 않았던 날은 얼마 없었던지라 주희는 왠지 모르게 불안했다. 거기에 아까부터 스멀스멀 올라오기 시작한 두통 때문에 주희는 욱신거리는 눈을 일부러 조금 힘 있게 손으로 눌러 댔다.

"오늘 치는 시험이 얼마나 중요한 시험인지는 알고 있지? 무조건 잘 쳐야 해…. 등급 하나에 갈 수 있는 대학교가 달라져."

오늘따라 유독 더 듣기 싫은 경선의 말을 한 귀로 듣고 한 귀로 흘리며 주희는 집을 나섰다.

시험이 시작됐는데도, 아침부터 찾아왔던 미약한 두통이 가시질 않았다. 머리가 둥둥. 책상 사이를 지나다니시는 감독 선생의 발소리까지도 둥둥 울리기 시작하고, 시험지에 프린트되어 있는 글씨가 흐릿하게 보이기 시작하자 주희는 무엇인가가 크게 잘못되었음을 느꼈다. 이렇게까지 컨디션이 안 좋았던 날은 없었는데 말이다.

이 문제까지 대체 몇 번째 엑스 표시인지. 채점을 하는 족족 답지에 있는 번호와 시험지에 체크되어 있는 번호가 일치하지 않자 주희는 펜을 내려놓고 두 손에 얼굴을 파묻었다. 더이상 채점을 하고 싶지도 않았다. 그냥 이대로 잠들어서 영영 깨어나고 싶지 않기도 했다. 주희는 그 순간 마이디를 떠올렸다. 마이디를 계속 먹기 시작하면서 수업시간에 졸던 모습이, 공부에 집중을 하지 못하는 모습이, 그러면서도 매일 밤 두 알씩 먹으며 잠에 드는 자신의 모습이 어렴풋이 떠올랐다. 아. 결국 이렇게 된 건 다 자신의 어리석었던 행동 때문이었나. 결국 자신도 다른 사람들과 다르지 않았던 거다. 미술을 하고 싶은 마음은 분명 진실이었지만, 진심으로 경선의 손에서 벗어나기 위해, 내가 하고 싶은 일을 하기 위해 무엇인가를 해 볼 노력조차 하지 않고, 현실도 아닌 꿈만 이리저리 쫓아다니다, 이것도 아니고 저것도 아닌 지금 이 상황이 생겨버렸다는 것이 너무 한심스러웠다.

그 뒤로 더 친 세 번의 시험은 못한 것도 아닌 그렇다고 잘했다고 하기도 뭐한 그저 그런 점수를 받았다. 그렇지만 생각보다 주희는 덤덤했다.

지난 시험에서의 성적표에 찍힌 숫자보다 한참 못 미친 숫자가 찍힌 성적표를 주희는 꾸겨질 정도로 꽉 쥐었다.

"지금 이걸 점수라고 받아온 거니?"

날카로운 경선의 눈동자가 꼿꼿이 서 있는 주희에게로 향했다.

"내가 이번 시험 중요하다고, 중요하다고 그렇게 말했잖아! 시험은 망칠 대로 망쳐놓고 얼굴 들고 집에 들어올 생각은 어떻게 했니? 아니면 너 고작 그림 못 그리게 했다고 반항하는 거야?"

"저도 열심히 했어요."

"그러니까 열심히 했는데 점수가 왜 이러냐고 묻잖아."

"이제까지 엄마가 하라는 대로 꼬박꼬박 공부만 하면서 그렇게 열심히 살았어요. 다른 친구들처럼 하고 싶은 것도 자유롭게 못하고 참으면서, 오직 엄마의 눈에만 잘 보이기 위해서 살았단 말이에요."

"이제까지 엄마가 너 좋은 대학 보내서 행복하게 해주려고, 남들 보기 부끄럽지 않게 해주려고 얼마나 노력했는데. 엄마가 뭐 못 해준 거 있어? 이렇게라도 했으니까 지금까지라도 올 수 있었던 거 아니야."

"좋은 대학 가면 기쁘죠. 기쁜데 이렇게 해서 가게 되면 전 하나도 행복하지 않을 거예요. 그건 엄마가 원했던 거지 제가 원했던 게 아니니까. 이제 제 삶은 제가 알아서 하고 싶어요. 공부도. 미술도."

"……."

"한 번만, 저 믿어주시면 안 돼요?"

경선은 붉게 충혈된 눈으로 주희를 바라보았지만, 끝내 아무 말도 하지 않았다.

주희는 자신의 방으로 돌아와서 침대 옆 탁상에 올려져 있는 마이디를 집어 들었다. 아직도 마이디를 먹고 꾸었던 꿈을 생각하노라면 정말 달콤하다고 말할 수 있었다. 하지만 더이상 마이디를 먹을 일은 없을 것이다. 지금 당장 경선이 마이디를 먹고 꿨던 꿈속의 그 경선처럼 변하지 않을 것이란 사실을 알고 있고….

앞으로 경선이 또 자신에게 무언가를 강요하고 압박할지도 모른다는 것도 주희는 알고 있지만, 그럴 때마다 이런 허황된 꿈을 좇기보단, 현실을 바꾸기 위해 노력하고, 자신이 진정으로 하고 싶은 것을 이루기 위해 지금 자신이 해야 할 일을 그르치지 않고 해내가는 것이 더 가치있다는 것을 알게 되었기 때문이다. 주희는 자신이 스스로 만들어 나가는 삶이 얼마나 아름다운 것인지를 경선에게 보란 듯이 보여주기 위해 전보다 더 노력할 것이다. 그 과정이 마냥 순탄치만은 않다 하더라도 말이다.

주희는 마이디를 쓰레기통에 던지곤, 서랍장 가장 안쪽에 들어가 있는 그림 한 장을 꺼내들었다. 겉으로 보기엔 쭈글쭈글하고 너덜너덜해진 별 볼 일 없는 그런 그림이었다. 주희는 그림을 빤히 바라보다가 이내 벽 한 켠에 떨어지지 않게 단단히 붙였다.

하수지

장마

진서연

혜선은 문득 생각했다. 또 다른 세상이 존재한다면 어떨까. 그 세상에서 나와 닮은 사람이 모든 것을 할 수 있다면? 어떠한 것으로 인해 하고 싶은 것을 할 수 있다면? 잠시 펜을 멈추고는 생각했다. 틀어 놓았던 노래가 끝났다. 혜선은 곧바로 쓰던 일기를 덮었다. 덮자마자 핸드폰에서는 알림음이 경쾌하게 울렸다.

'야, 윤혜선!'
'1학년 XXX 죽었대.'

나는 한참 동안 답을 할 수 없었다.

'왜 답이 없어, 알고 있었냐?'

소나기가 내리기 시작했다.

비 오는 날의 등굣길은 한산했다. 이른 시각도 아니었다. 어제 저녁부터 내리던 소나기는 멈출 줄을 몰랐다. 혜선은 비가 오는 것을 좋아하는 편은 아니었다. 하지만 화창한 건 또 싫었다. 마치고 약속이 있던 혜선은 끝날 때까지 비 오면 곤란한데, 라고 생각하면서도 한편으로는 비가 계속해서 왔으면 했다. 그런 고민도 잠시, 파란 우산을 든 익숙한 뒤통수가 보였다. 주희인 것 같아 손을 뻗었다. 그 여자는 손을 뻗기가 무섭게 뒤돌았다가, 갑자기 급한 듯 뛰어갔다. 모르는 사람이었다. 깜짝 놀란 혜선은 쳐다보기만 했다. 혜선은 아는 척하지 않아서 다행이라고 생각했다. 그러고는 빠른 걸음으로 학교에 들어왔다. 가볍지는 않은 마음으로 한 층 올라갔다. 올라가자마자 민희의 목소리가 들렸다.

"야, 그거 아냐?"

옆 반 문을 너무 소란스럽게 연 탓에 들어갔을 때에는 다들 놀란 표정으로 나를 바라보고 있었다.

"아, 놀랐잖아. 문 좀 살살 열든가. 오는 거 광고해?"

"미안. 그럴 의도는 아니었는데."

미소를 머금은 짜증은 사람을 더 뻘쭘하게 만들었다. 혜선은 책가방을 두고는 주희에게 인사했다. 주희는 웃기만 하고 하던 일을 계속했다. 민희는 XXX의 이야기를 하고 있었다. 이야기를 들어 보니 사고 때문에 죽었다고 한다. 친구들은 안타깝다는 표정을 지었고 몇 분 동안 아무 말도 없었다. 혜선은 듣는 티를 내고 싶지 않아 휴대폰만 계속해서 봤다. 그것도 잠시, 선생님의 발소리가 정적을 깼다. 종소리가 울리자 아이들은 다시 조용해졌다. 선생님은 어두운 얼굴로 XXX의 사망 소식을 알렸다. 혜선은 고개를 돌려 비어 있는 자리를 보니 마음 한 켠이 아팠다. 첫째도 안전, 둘째도 안전이라는 선생님의 말씀을 끝으로 종이 다시 울렸다.

오전 수업 내내 비가 오더니, 오후 수업이 시작되자 비가 그쳤다. 혜선은 쨍쨍해진 창밖을 바라보았다. 수업 시간에 창밖을 바라보는 것은 혜선이 항상 하는 일이다. 축 처진 발걸음으로 운동장을 향하는 사람들이 꽤 생겼다. 멀리서 봐도 하기 싫은 눈치였다. 여러 무리가 있었지만, 그중에서도 열심히 몸을 풀고 있는 무리가 보였다. 육상부인 것 같았다. 그렇게 한참 멍을 때리다가, 반이나 넘게 남은 수업에 한숨이 절로 나왔다.

십 분, 이십 분이 지났는데도 육상부는 계속해서 뛰고 있었다. 끝나지 않는 달리기에 어쩜 저렇게 달릴 수가 있지, 운동하는 사람은 뭔가 다르다는 게 느껴졌다. 모든 게 지루하다는 듯 혜선은 얼마 지나지 않아 책상 위로 엎어졌다.

혜선은 혜주의 부름에 깨어났다. 이유는 이러했다. 새로 생긴 카페에 가 달라고 하는 것이었다. 알았다는 대답을 기다리는 듯한 눈빛으로 쳐다보는 혜주에게 안 된다는 대답을 할 수 없었다. 마지못해 가자는 말을 하고 혜주가 하는 이야기를 마저 들으려고 하자, 종이 울렸다. 몰려왔던 사람들이 다시 빠져나갔다. 곁의 아이들은 하나둘씩 자신의 자리를 찾아갔다. 친구들이 떠난 자리가 공허해 혜선은 잠시 외롭다고 느꼈다. 곧 선생님이 들어오시고 수업이 시작됐다.

자신도 모르는 새에 잠들어 버린 혜선은 꿈속에서 혼자였다. 잠시 외롭다는 생각을 했다. 이런 생각은 외로움을 증폭시킬 뿐이었다. 차라리 꿈이었으면 좋겠다고 생각했다. 뒤에서는 한 여자가 자꾸 자신의 이름을 부르는 것 같았다. "야,"라는 짝의 한 마디와 함께 혜선은 잠에서 깼다.

"18번 누구야. 윤혜선? 그만 자고 일어나서 38쪽 지문 좀 읽어 봐."

"죄송합니다…."

지문 읽기를 끝낸 혜선은 방금 꾸었던 꿈에 관해 생각했다. 요즘 혜선은 외롭다는 느낌을 자주 받았다. 스트레스 받을 정도로. 딱히 특별한 일이 있었던 것은 아니었다. 얼마 되지도 않았고. 몇 주 전부터 친구들의 모든 행동에 의미를 두어 생각하고 있었다. 하루 종일 인간관계에 관해 생각하다 보니 더 외로워졌다. 뭐, 인간이라면 그럴 수 있는 거지 싶다가도, 너무 외롭고 공허해서 눈물이 나올 것만 같았다. 꿈에서도 이럴 정도로 심했다. 혜선은 마음 놓고 울고 싶었다.

집으로 돌아가는 혜선은 자신의 손에 있는 우산이 귀찮게 느껴졌다. 며칠 전부터 잡아 둔 약속 또한 귀찮게 느껴졌다. 이런 혜선을 알아챈 건지 갑자기 친구도 바쁘다며 약속을 취소했다. 다음에 만나자는 친구의 말에 다음이 있을까 생각하면서도 다음에 보면 된다며 다음으로 미뤘다. 잘하고 있는 짓인가, 라는 생각이 들면서도 내심 행복했다.

다음날도 계속해서 똑같았다. 아침에 등교하면 민희는 항상 밝게 인사하다가도 마음에 안 드는 게 있으면 미소 섞인 짜증을 냈다. '쟤는 원래 이런 애겠지' 생각하며 주희에게 인사했고, 주희는 항상 내 인사를 받아주었다. 오전 수업은 평소와 다름없이 지루했다. 이런 평범한 일상이 너무나도 싫었다.

학교가 끝나고, 교문을 나서자 핸드폰에서는 알림음만 들어도 다급해 보이는 메시지가 왔다.

'야야야야'

'학교 마쳤냐???'

'올 때 진통제 하나만 ㅠ 메로나도 사서 오면 좋고'

내가 무슨 자기 종인 줄 알아, 얘는. 그래도 아프다는데 사 주기는 해야지. 어쩔 수 없다는 식으로 착한 내가 동생을 용서하자며 약국으로 갔다. 갑자기 소나기가 시작됐다. 우산을 들고 오지 않은 혜선은 뛰었다.

날씨는 해를 거듭할수록 심하게 변했다. 비가 오지 않을 것처럼 화창했다가 갑자기 바뀌고는 했다. 학교가 끝나기 전까지 계속 올 것 같던 비가 그치고 해가 점점 떴다. 혜선의 인생도 해를 거듭할수록 예상할 수 없어졌다. 친구가 죽는 일도, 오늘 같은 어이없는 경우도, 이제 일어날 일들도 다 예상할 수 없었던 일이었다. 지금의 내가 나중에 어떤 결과를 초래할 것인지도.

갑자기 내린 소나기에 당황한 사람은 혜선뿐이 아니었다. 우산이 펴져 발밑에 우산을 따라 그림자가 하나씩 생겨난 곳에는 서로 비를 맞지 않으려고 애쓰는 아이들이 있었다. 재미있다는 생각을 하며 걸어오다 보니 벌써 약국이었다.

"저 진통제 하나랑요, 저기 있는 비타민도 하나 주세요."

"2천 원이요."

익숙한 약국에 익숙하지 않은 진열대가 하나 있었다. 약 이름은 마이디.

…… 꿈에서는 뭐든지 다 가능합니다?

흥미를 느낀 혜선은 그 약도 하나 집어 결제했다.

"저 약도 하나 주세요."

"이건 4천 원이요. 많이 복용하시면 안 되고, 설명서 꼭 읽고 드세요."

"네, 감사합니다."

혜선은 또 뛰었다.

집에 도착한 혜선은 방금 산 약이 궁금해져 진통제를 전하고 바로 뜯어보았다. 위험한 약인지 설명서도 길었다. 머릿속으로 천천히 읽으며 혜선은 흥미를 느꼈다. 서랍 마지막 칸에 두고는 메로나를 사 오지 않았다는 동생의 짜증에 답해 주기 바빴다. 오늘 있었던 일은 이미 저 구석에 놓아둔 지 오래였다. 혜선은 이 지긋지긋한 외로움을 극복할 생각에 기분이 좋았다가도, 중독성이 강하다는 구절을 보고는 '영원히 깨어나지 못하면 어쩌지'라는 생각에 겁도 났다. 하지만 외로움과 이별한다는 생각에 혜선은 즐거웠다.

소나기가 그친 저녁, 혜선은 일찍 잠들고 싶었다. 갑자기 일기를 쓰지 않은 것이 생각나 몸을 일으켰다. 기복이 심했던 날씨밖에 떠오르지 않은 날이었는데. 뭘 적을지 생각하고 있던 그때, 오늘 있었던 일이 떠올랐다. 혜선은 갑자기 외로워졌다. 학교에 돌아가면 어떤 소문이 나 있을까, 나를 이상한 애로 오해하는 건 아닐까, 괜한 걱정이 들었다. '야, 윤혜선. 너 원래 이런 걱정 안 하는 애였잖아. 뭘 또 그래.' 자신을 달래며 일기를 마무리했다.

대충 일기를 마무리할 쯤에 서랍 마지막 칸의 약도 생각났다. 자기 전에 하나 먹어볼까 생각하던 혜선은 설명서를 다시 손에 쥐고 찬찬히 읽었다. 무언가 굳은 결심이라도 한 듯 약 하나와 설명서를 들었다. 알약과 설명서의 주의사항을 다시 번갈아서 보다가 그냥 삼켰다. 걷는 것도 멀쩡하고, 목소리도 잘 나오네. 이상한 건 아닌가 봐. 아무 일도 일어나지 않았다. 설명서에는 주의사항만 몇 가지더라… 의심스럽다는 생각을 하며 침대에 누웠다. 근데 나도 진짜 바뀔 수 있을까, 부작용이 심한 약은 아닐까 한참 생각하다 혜선은 잠에 들었다.

눈을 떠 보니 방이었다. 아무도 없는 집인 것 같았다. 밖에도 아무것도 없었다. 어떤 사람도 살지 않는 것처럼 조용했다. 혜선은 진짜 혼자였다. 내심 기쁘면서도, 외롭다는 느낌은 계속해서 들었다. 효과는 여섯 시간 동안 지속된다고 했다. 혜선은 여섯 시간이 한 시간처럼 느껴졌다. 혼자 책도 읽고, 노래도 부르고, 별 생각 없이 여섯 시간을 보냈다.

이것이 꿈인 것을 알아챘을 때, 혜선은 잠에서 깨어났다. 몸도 안 불편하고, 오히려 몸이 개운했다. 개운한 것뿐만이 아니었다. 정신도 가벼워진 느낌이었다. 계속 잘 수 있으면 좋을 텐데…. 혜선은 많이 복용하면 안 된다는 약사의 말이 떠올랐다. 그래서 그런 거구나. 그래도 느낌이 좋았다. 오늘은 평범한 하루였으면 했다.

일상이었다. 달라진 게 있다면 인사도 안 하던 반 친구 도아와 말을 튼 것? 그것 말고는 지극히 평범했다. '도아야 안녕' 하면 자연스레 인사가 돌아왔다. 도아와는 메시지로 연락만 주고받던 사이였는데, 낯을 많이 가리는 성격인 건지 도통 이야기를 잘 하려고 하지 않았다. 답답한 혜선은 먼저 말을 걸었고, 이렇게 계속 인사를 나누는 사이가 되었다. 주희와는 항상 인사를 나눴고, ◯◯는 소문인 것이 들통이라도 났는지 평소대로 무시했다. 더 이상 나에게 시비를 걸지 않았다. 저녁에 먹었던 약이 현실도 바꿔 주나? 온갖 이상한 생각을 했다.

혜선은 점점 약에 의존하기 시작했다. 물론 혜선은 알아차리지 못했다. 뭐든 적당히 하라고 했는데… 친구의 부름에 잠시 생각을 멈췄다.

"혜선아. 내가 저번에 가자고 했던 카페 있잖아. 오늘 갈래? 너 오늘 시간 돼?"

"아마도? 끝나고 가게?"

"응. 거기 사람 많아서. 자리 없으면 곤란하잖아."

별로 친하지 않은 친구 혜주였다. 친하지 않은 건 아니고, 그냥 먼저 말하면 어색함 없이 맞장구치거나 답변할 수 있는 친구? 어색한 사이이긴 했지만 평소에 말 붙이기가 특기인 혜선은 어려움 없이 대화를 나눌 수 있는 친구였다. 약을 먹었지만 그래도 마음이 불편했던 혜선은 혜주에게 고민거리로 오늘 아침까지 있었던 일을 말하기로 했다. 친하지는 않지만 고민이라면 들어는 주겠지. 혜선은 가볍게 생각하자며 수업이 끝나기만을 기다렸다.

썩 좋은 카페는 아니었다. 혜주는 뭔가 들떠 보이는 것 같았다. 그냥 동네에 하나씩은 있는 카페인데 그렇게 신나나. 음료를 받아 나란히 앉았다. 혜주는 잠시 휴대폰을 확인하다가, 말을 시작했다.

"야, 그, 뭐냐… 너 민정이랑 싸웠다며. 뭐 어떻게 된 건데?"

"몰라. 그냥 소문인 걸 믿었나 봐. 걔 원래 그런 애라며?"

"그건 그래. 안 친해서 잘 모르겠는데, 애들 다 그러더라."

어쩌다 보니 민정의 뒷담화 시간이 되었다. 혜선이 이때까지 있었던 일을 말하면, 뭐든 잘 알고 있는 혜주가 원래 그런 애다, 애들도 다 그러더라, 나도 그랬다며 거들었다. 혜주와 내심 잘 맞는다는 생각이 들었으면서도, 점점 의심스러워졌다. 이건 진짜 뒷담화인데 말하면 어쩌지. 잘못을 만들고 싶지는 않았다. 걱정이 앞선 혜선은 혜주의 말이 끝나자 다른 화제로 돌렸다.

"근데 너 남자 친구랑은 잘 만나? 저번에 싸웠다며."

"싸웠는데 잘 풀었어. 그냥 내가 이해하자, 이해하자 하니까 괜찮더라."

"너 되게 착하다. 나 같았으면 확 헤어졌을걸."

저번에 남자 친구와 싸웠다는 애가 혜주였는지, 다른 친구였는지 생각하던 중에 잘 풀었다는 대답을 들었다. 보기보다 혜주는 꽤 괜찮은 아이였다. 다른 아이들과 다르게 인사하면 잘 받아 주고, 말을 걸어도 재미있게 답해 주었다. 세상에 이런 친구만 있었으면 얼마나 행복할까…? 혜선은 말도 안 되는 상상을 했다. 혜주도 이야기하는 것이 재미있다는 듯 같이 깔깔 웃었다. 웃고, 이야기하다 보니 음료도 바닥이 났고, 해도 점점 지고 있었다. 혜선과 혜주는 해가 지는 것을 보며 집으로 돌아갔다. 헤어진 뒤, 오늘 아침까지 있었던 일을 말하지 않은 것이 생각났다. 잡을까, 생각했지만 이

더운 날 걸어 다니며 이야기하기는 무리였다. 그냥 혜선은 아무한테도 말하지 않기로 결심했다.

혜선은 샤워할 때부터 들떠 있었다. 마이디가 주는 편안함, 왜인지 모를 해방감이 외로움도 잊게 만들어 주었기 때문이다. 이래서 사람들이 약을 먹는 거겠지. 아무 일도 없을 거라는 듯 또 하나를 삼켰다. 혜선은 빨리 잠에 들고 싶었다.

오늘도 똑같이 아무도 없었다. 집에는 혼자였고, 밖에도 아무도 없었다. 진짜 혼자가 됐다는 느낌에 혜선은 또 너무 좋았다. 혼자여서 외로운 건 어쩔 수 없었지만, 인간관계에 스트레스 받아서 힘든 것보다는 백 배, 그냥 말로 하기 부족할 정도로 나았다. 저번과 비슷했다. 책도 읽고, 노래도 부르고, 이제 내가 계속 와야 할 집이라고 청소도 했다. 장을 보러 마트에 갔는데 아무도 없어 혜선은 잠시 놀랐다. 여기에서 장 보는 건 좀 힘들겠다. 여섯 시간뿐인데 그냥 아무것도 먹지 말자며 혼자 할 수 있는 것을 생각했다. 그러다가 잠이 깼다. 혜선은 너무나도 좋았다. 혼자 있을 수 있는 것만으로도 행복했다.

인간의 욕심은 끝이 없다. 혜선도 인간이니 예외가 아니었다. 인간이 아니라도 좋은 것은 더, 싫은 것은 그만이라고 할 것 같았다. 혜선은 마이디가 6시간 지속이 아닌 12시간, 24시간이면 어떨까 생각했다. 너무 개운해서 공부도 평소보다 더 잘할 수 있을 것 같았다. 이왕이면 꿈에서 하고 싶은 걸 다 해 보고 싶다는 생각도 들었다. 고생하는 건 꿈속의 나이지, 현실의 내가 아니었기 때문이다. 오늘 저녁을 생각하며 혜선은 또 하루를 보냈다.

학교가 끝난 뒤 저녁이었다. 마이디를 하나 삼키며 오늘은 두 알 먹어 볼까? 한 알 더 먹는다고 큰일이라도 나겠어. 큰일이 일어나도 대수롭지 않다는 듯 혜선은 포장을 뜯었다. 벌써 반이나 먹었네….학교 끝나고 다시 사야겠다는 생각을 하며 평소보다 일찍 침대에 누웠다.

오늘도 혼자였다. 먹을 걸 찾는 것을 아는지 먹을 것도 잔뜩이었다. 혜선은 더 바랄 게 없었다. 이제 혼자인 시간도 열두 시간이나 더 남았고, 하고 싶은 것을 했다. 그럼 운전 같은 것도 되나? 술은? 이런 범법 행위를 떠올리며 혜선은 점점 이상하게 변해갔다. 이래서 많이 먹지 말라는 건가, 싶다가도 아무도 보지 않는데 이왕 많이 먹은 거, 한 번 해 보자는 생각으로 자리에서 일어났다. 자리에서 일어난 혜선은 다시 자리에 앉았다. 여기도 대한민국이고, 아무도 안 본다지만…. 혜선은 잠을 자기로 결심했다. 아님 책을 좀 읽을까, 했지만 이내 그런 생각은 사라졌다. 꿈속 세상에서 혜선은 세 시간 가량 잠만 잤다. 지나간 시간이 아깝게 느껴진 혜선은 남은 여섯 시간을 알차게 보내야겠다고 다짐했다. 그렇게 혜선은 또 하룻밤을 보냈다.

혜선은 평소와 다를 게 없을 줄 알았지만 아니었다. 자꾸만 속이 메스껍고, 헛것을 보기 시작했다. 아침까지만 해도 괜찮았는데. 부모님과 인사를 나눈 것도, 지각할까봐 열심히 뛰던 것도, 반에 도착해 친구들과 인사를 나눈 것도 다를 게 없었다. 그러나 친구들도 내가 이상하다는 걸 모를 리 없었다.

"윤혜선. 어제 잠 못 잤냐?"

나는 도아의 질문에 답할 수 없었다. 어떤 정신으로 깨어 있는지도 몰랐다. 그냥 정상적으로 앉아 있는 게 신기할 정도였다. 한 글자라도 뱉으면 구토도 같이 나올 것 같았고, 지금 당장 잠에 들지 않으면 쓰러질 것만 같았다. 혼미한 정신을 붙잡고, 도아에게 답하려는 순간, 정신을 잃었다.

일어나 보니 보건실이었다. 보건 선생님의 괜찮냐는 물음에 대충 대답하고는 나왔다. 반 친구들은 병원이라도 가 봐야 하는 게 아니냐며 물었다. 괜찮지는 않았지만 친구들의 관심이 부담스러워 괜찮다는 듯 웃어 보였다. 수업이 시작됐고, 여전히 수업은 너무 재미없었다. 이럴 줄 알았으면 조금 더 누워 있다가 나올걸. 혜선은 후회했지만 이미 수업은 시작했다. 혜선은 빨리 끝나기를 바라며 또 잠에 들었다.

오늘은 누구와의 약속도 없었다. 오랜만에 느끼는 해방감에 혜선은 저절로 기분이 좋아졌다. 오랜만에 쉬어 볼까, 생각했지만 밀린 수행평가가 기다리고 있었다. 집으로 가는 도중에, 마이디가 생각나서 약국으로 향했다.

"안녕하세요. 저 마이디 하나 주세요."

"4천 원이요. 근데 저번에 오셨죠? 이렇게나 빨리 드셨어요? 좋기는 한가 봐요. 잘 팔리더라고요."

"얼마 안 들었어요. 한 알씩 매일 먹으니까 며칠 안 가더라고요."

"꼭 한 알씩 복용하셔야 하고요, 꼭 설명서 읽어 보고 복용해 주세요."

"감사합니다."

약국 아저씨는 똑같은 말을 했다. 한 알씩 먹어라, 설명서는 꼭 읽어 보라. 두 번 들었지만 계속 들을 생각을 하니 벌써부터 지겨워졌다.

혜선은 후회할 줄 알면서도 종종 저지르고는 한다. 덜컥 돈이 생겼다고 얼마 안 입을 옷들을 왕창 사는 바보 같은 짓이나, 일어날 일을 알고 있지만 그냥 해 버리는 경우가 많았다. 매번 달라지겠다고 다짐했지만, 사람은 역시 쉽게 바뀌지 않는다. 하지만 이번에는 마음이라도 먹었는지 마이디를 먹지 않고 잠에 들어 보기로 한다. 사 놓았던 마이디가 아깝다는 생각을 하자마자, 바로 잠에 들었다.

그렇게 아침이었다. 머리는 깨질 듯이 아팠고, 많이 잔 것 같은데도 개운하지 않았다. 속은 메스껍고, 계속해서 어지러웠다. 계속 누워있다 보니 괜찮은 것 같기도 했다. 그렇게 며칠을 보냈다. 평생 못 끊을 것만 같았지만 어느새 약 없이도 잠을 잘 수 있게 되었고, 더는 힘들지 않았다.

"윤혜선!"

도아의 목소리가 들렸다. 어색하게 인사하던 사이였던 게 엊그제 같았는데, 이제 정적도 그냥 그랬다. 이렇게 기분 좋게 등교하던 날이 있었나. 행복한 시간이 반가웠다. 영원할 줄 알았던 장마도 끝이 났다. 해가 떴다. 혜선은 웃었다.

정예원

꿈을 팔다

진서연

인간의 욕심은 끝이 없고, 우리는 원하는 것이 셀 수 없이 많다. 하지만 그 바람은 현실에서 일어날 수 없는 일, 공상도 언제나 함께한다. 그래서 우리는 때때로 꿈을 통해 공상의 욕구를 채우며 살아가고 이러한 꿈은 우리가 원하는 대로 나타나지 않는다. 그래서 정체를 알 수 없는 이상한 꿈을 꾸었을 때는 하루 종일 기분이 찝찝하기도 하고 원하는 꿈을 꾸었을 때는 그 특별함이 더 소중히 느껴지기도 한다. 하지만 원하는 모든 것을 꿈에서 이뤄주는 약, 마이디가 만들어졌다.

'제가 좋아하는 사람이 제 꿈에 나오게 해주세요.'

이제 이런 일은 더 이상 불가능한 일이 아니다. 비록 실제가 아닌 허구이지만 자신의 공상을 경험하고 싶다면 우린 꿈을 통해 원하는 대로 이룰 수 있게 되었다.

그리고 나는 그 약을 판매하는 평범한 약사이다.

「띠링」

"어서 오세요."

지난주에도 오신 손님이다. 살이 더 빠져 보인다.

"저번에 받은 약 그걸로 또 주세요."

역시나. 또 그 약이다.

"여기 있습니다."

그는 약을 봉투에 다 넣지도 않은 채 급히 나간다. 저 약을 사는 손님들은 왜 하나같이 저렇게 초조하고 불안해 할까. 나는 이 약을 판매함으로써 지치고 힘든 사람들에게 희망과 기쁨을 주고 싶었는데 약을 복용하는 사람들을 보면 그저 약에만 의존하는 것 같다.

과연 이 약으로 행복한 사람이 있을까.

「띠링」

"어서 오세요. 어, 오랜만에 오셨네요."

"네, 잘 지내셨어요?"

"그럼요, 손님께서는 조금 피곤해 보이시네요."

"오늘 하루 좀 힘들었거든요. 약을 먹고 돌아가신 엄마와 같이 얘기하며 시간을 보내고 싶어서 왔어요. 꿈이지만 괜스레 위로가 되는 거 있죠."

옅은 미소를 지은 손님의 말이 불안한 내 마음의 안정을 되찾아 준다. 그래, 힐링할 수 있는 시간. 이게 진정한 약의 효력이지. 암, 그렇고말고.

"맞아요, 저도 그렇게 생각해요. 우리가 살면서 힘들고 지칠 때

위로나 위안을 받는 것은 실제와 허구를 넘나드니까요. 약은 여기 있습니다. 어머니와 좋은 시간 보내세요."

"좋은 말씀 감사해요. 사실 꿈에서 엄마를 만날 때마다 고민이나 걱정거리 때문에 제 얼굴이 어두웠을까 봐 미안했는데 약사님 덕분에 오늘은 편하게 꿈꿀 수 있겠어요."

손님이 나간 뒤 후련한 마음에 금세 기분이 좋아진다. 모든 사람들이 저 손님처럼 자신에게 맞게 약을 복용하면 얼마나 좋을까.

「띠링」

"어서 오……."

"마이디 주세요. 빨리."

아, 아마 이 동네에서 가장 예민한 사람이 온 것 같다. 4년째 공무원 시험 준비 중인 그는 취업 준비생, 일명 공취생이다. 그는 작년에 시험에서 떨어진 뒤 슬럼프가 왔다며 공무원 시험에 합격하는 꿈, 부모님께 효도하는 꿈 등을 꾸기 위해 이 약을 복용하기 시작했고 그 뒤로 지금까지 지속적으로 복용하고 있다. 그 때문에 공부에 더 집중할 수 없었던 그는 올해도 공무원 시험에서 떨어졌다. 물론 몸도 마음도 지친 그의 마음은 이해하지만 곤경을 극복하지 못한 채 약에만 의존하는 그의 모습은 걱정이다. 제약회사에서는 별다른 부작용이 없다고 했지만 이러한 그의 경우가 부작용이 아닐까?

"손님, 이렇게 너무 습관적으로 약을 드시면 정신적·신체적 무리가 올 수 있어요. 약에 대한 의존도를 줄이는 것이 어떨까요?"

"줄이긴 해야 되는데……."

그의 조그마한 대답 소리에 나까지 지치는 기분이다. 약 복용의 목적이 앞 손님과 상반된 경우여서 더욱 혼란스럽다. 그저 이러한 상황이 약의 이용에 대한 개인별 차이라고 보면 되는 것일까. 만일 그렇지 않다고 해도 내가 이 약에 의혹을 제기하였다가 일이 커지면 어떡할까. 그런 건 싫다. 평범한 시민들이 부담 없이 살 수 있는 저렴한 가격에 좋은 효능을 가졌다고 입소문이 퍼진 이 판국에 내가 그렇게 의심한다면 어떤 몰매를 맞을지 뻔하다. 결국 괜한 의심으로 내 입장만 번거로워지겠지. 그래, 지금처럼 그냥 내 할 일이나 열심히 하자. 요즘 좀 피곤해서 별것도 아닌 일에 민감해졌나 보다. 제약회사에서 다 검토하고 나올텐데 뭐.

시간이 흘러 몇 달이 지난 뒤, 내가 걱정했던 모든 일들은 잠잠했다. 여전히 마이디의 판매는 계속되고 판매량과 구매자들은 꾸준히 늘어나고 있다.

「띠링」

"어서 오세요."

"……."

안색이 안 좋아 보인다. 어디 아프신가.

"혹시 찾으시는 약 있으신가요?"

"찾는 약은 따로 없는데……."

어딘가 많이 불안해 보이고, 눈도 못 마주친다.

"네, 천천히 말하세요."

"어… 사람들이랑 같이 있는 게 불편하고… 또, 매사에 무기력하고…."

아, 꿈꿀 수 있는 약!

"이 약은 어떠세요? 원하는 꿈을 꿀 수 있는 약인데 요즘 10명 중 6명은 이 약을 먹는다고 할 만큼 인기 많은 약이에요."

"저에게 도움이 될까요?"

"당연하죠, 손님께서 사람들과 함께 있는 시간을 연습할 수 있고 혼자서 여러 일들을 도전해 볼 수도 있어요."

"저 같이 무기력한 사람들도 많이 사 가는 거 맞나요?"

"네, 손님. 이 약이 효능이 좋아서 무기력한 사람들뿐만 아니라 이루고 싶은 것이 많은 열망 있는 사람들도 많이 이용해요."

"음… 그걸로 주세요."

별일 없겠지.

"네, 만약 증세가 심해지면 약 복용 대신 병원으로 가보세요."

"네……."

마음속 한 부분이 찝찝하긴 했지만 막상 이 약을 추천하고 나니 꽤 괜찮은 것 같았다. 처음에는 망설이고 머뭇거렸지만 몇 번의 추천 후에는 그 찝찝한 마음도 차츰 사라졌다.

오늘은 이번 달 총 매출 정리를 하는 날이다. 매출 결과에 따라 제약회사에 신청하는 약의 양도 달라진다. 사실 작은 약국이라 대체로 큰 변동은 없는 편인데 마이디의 판매 이후 계속해서 그 약만 신청량이 늘어나는 중이다. 물 들어올 때 노 저으란 말이 있지 않은가. 그래서 오늘도 나는 이 약의 더 많은 판매를 위해 지난달보다 많은 양을 신청했다. 이로 인해 나를 포함한 약사들은 예전보다 많은 돈을 벌게 돼서 지금 이 약은 우리 사이에서 아주 환영받고 있다.

「띠링」

누군가 다급히 들어온다. 아, 옆 슈퍼 주인이다. 아프신 건 아닌 거 같고, 뭔 일 있나?

"안녕하……."

"어머, 정 약사. 그 얘기 들었어? 그 총각 병원에 실려갔대!"

"총각이요…? 누구 말씀하시는지…?"

"그 몇 년째 공무원 준비하던 총각 있잖아. 우리 슈퍼에 매일 담배 사러 왔었는데 가만 보면 항상 어딘가 풀이 죽어서 불안해 보이긴 했어."

'응? 몇 달 전, 아니 몇 주 전에도 약 사러 왔는데? 설마 그 약 때문인가…?'

"네? 사실이에요? 혹시 왜 실려갔는지 아세요?"

"수면제를 먹었는지 잠에서 안 깨어나고 계속 잠만 잤다지 뭐야. 기절이지 뭐. 그 총각 엄마가 총각이 하루 종일 연락을 안 받는다고 걱정돼서 집에 찾아갔다가 발견했다는데 엄마가 안 찾아갔으면 어쩔 뻔했어. 아휴, 상상만 해도 무섭다."

"어머, 정말 큰일날 뻔했네요. 다행이에요. 다음에 그 총각 얘기 더 들으면 저한테 또 알려주세요."

"그럼, 같이 장사하는 사람끼리. 정 약사도 뭐 들은 거 있으면 바로 나한테 와."

"당연하죠."

"그럼 나 이제 갈게. 다음에 봐. 수고하고."

"네, 안녕히 가세요."

뒤늦게 온몸에 소름이 끼쳤다.

정말 그 약 때문에 그 총각이 실려간 건가. 이 상황에서 그 이유 말고는 딱히 맞는 게 없긴 해. 내가 그때 약국에 왔을 때 제지했다면 괜찮았을까. 이제부터라도 그 약을 팔지 말까. 아냐 너무 극단적인걸.

몇 초 동안 머릿속에 수많은 생각이 떠오른다. 너무 혼란스럽다.

「Rrrr」

아, 놀래라. 다른 동네 약국에서 일하는 약사 친구 전화다.

"여보세요? 민희야, 나 지금 너무 정신없어서 나중에 다시 전화할게."

"잠시만, 잠깐이면 돼. 너네 동네에 지금 어떤 사람이 병원에 실려 갔지?"

"응, 맞아."

소문은 금세 퍼진다는 건 알았지만 벌써 저 동네까지 소문난 건가. 하, 머릿속이 더 복잡해진다.

"혹시 그 사람 네 약국에서 오랜 기간 동안 마이디 사 갔니?"

너무 놀라서 말도 안 나온다. 쟤가 그걸 어떻게 알았지?

"사실 우리 동네에도 그런 손님이 있었는데 얼마나 놀랬는지 몰라. 내가 적당량을 복용하라고 몇 번이나 말했는데 왜 다들 맘대로 먹는지 모르겠어. 아, 그리고 다른 동네 이야기도 들어보니까 이런 손님들이 조금씩 생기는 것 같더라. 우리 이러다 그 약 더 이상 못 팔면 어떡하지? 마이디가 우리 약국 매출에서 차지하는 비율이 높은데. 정말 걱정이야."

"……. 네 동네에도 그런 사람이 있었다고? 그 사람은 어떻게 됐는데? 너는 괜찮아?"

궁금한 게 한 가득이다. 도대체 뭔 일이 있었고 왜 그냥 조용히 넘어갔을까.

"그 사람도 약을 복용하는 대부분 사람들처럼 비슷해. 현재 자신의 삶에서 만족하지 못하는 부분을 채우려고 복용을 시작했다가 중독된 거지. 근데 그 정도가 다른 사람보다 심했어. 우리 약국에 올 때 보면 항상 위태위태했다니까. 그래도 다행인 건 병원에 실려갔을 때 이 약에 대해 따로 더 깊게 묻지 않고 수면제 성분이 들어간 약을 자제하는 것을 권고하고 일이 끝났대."

"다른 곳에도 이런 일이 있을 줄 짐작은 했는데 그게 정말일 줄은 몰랐네… 좀 당황스럽다."

"그래, 네 맘 이해해. 나도 처음에 그랬지. 괜히 중간에 끼인 우리가 신경 쓰이고 힘들어."

"하… 암튼 너도 이 약이 이상하다고 느끼는 거네."

"당연하지, 근데 나는 더 이상 이 약에 대해 관심 갖고 싶진 않아. 그냥 네 동네에도 우리 동네와 같은 일이 일어났다고 해서 너한테 안부 차 전화했어. 너 지금처럼 당황할 거 같아서."

"말해줘서 고마워, 나중에 한번 만나자."

민희와 전화를 끊고 마음이 더 싱숭생숭해졌다. 나도 시간이 지나면 민희처럼 이러한 일이 일어나도 사소한 일 지나간 듯 태연하게 지낼 수 있을까. 애꿎은 손톱만 만지작거렸다. 이렇게 혼자 생각하며 고민하는 시간도 흘러갔다. 그저 방관하는 민희의 모습이 옳지 않다는 생각과는 다르게 점점 내 모습도 닮아갔다. 내 마음속 한편에는 '민희도 모른척하는데, 나도 뭐….' 하는 생각이 자리잡았다.

사실 모든 일이 정말 아무렇지 않은 것이 아니라는 것을 안다. 단지 남의 일이기에 계속해서 외면할 뿐.

오늘은 이 무거운 마음을 내려놓고 명절을 맞아 가족과 친척들을 뵈러 지방에 내려간다. 아무도 마이디에 대한 이야기를 나에게 하지 않았으면 좋겠다.

"안녕하세요. 저 왔어요. 다들 잘 지내셨어요?"

"오, 우리 약사님 왔네~ 오랜만이야."

"에이, 또 그런다. 약사님은 무슨. 누가 들으면 웃어요."

"왜 약사님이 어때서, 여기 이런 시골에는 의사가 별로 없어서 약사는 아주 대단하지. 약사 되기가 쉬운 줄 아나."

나를 반겨주는 친척들을 지나 겉옷을 정리하고 오랜만인 친척집을 둘러본다.

"에구 요즘 힘든가 보네. 얼굴 살이 더 빠졌어."

"많이 먹고 오늘 푹 쉬어."

힘든 게 얼굴에 티가 나는지 다들 나에게 한마디씩 했다. 이렇게 나를 챙겨주시는 친척들을 보면서 갑자기 왜 마이디 생각이 나는지 모르겠다. 마이디의 부작용을 방관하는 나에 대한 부끄러움과 죄책감 때문일까.

거실에서의 이야기가 어느 정도 마무리되는 분위기에 동생과 나는 방으로 들어왔다. 평소와 다른 친척집의 이부자리가 어색하기도 전에 나는 동생의 약 먹는 모습을 보고 멈칫했다.

"… 너 지금 뭐 하는 거야?"

"뭐 하긴 약 먹지. 나 오늘 여기 와서 잔소리 많이 들을 줄 알고 일부러 챙겨왔어. '만나는 사람은 있냐, 결혼은 언제 할 거니, 돈은 많이 모아뒀니?' 아우 스트레스야. 오늘 꿈에서 앞에서 못 했던 말다 해야지. 이 약 은근히 스트레스 푸는 데 효과 좋아."

여기서도 이 약을 보게 될 줄이야. 다른 사람은 몰라도 우리 가족이 이 약을 먹는 건 절대 안 된다.

"너 왜 이런 약을 먹어. 이 약이 얼마나 위험한 약인 줄 모르지. 이 약에 중독돼서 병원에 실려 간 사람이 한둘이 아냐."

"무슨 소리야. 내 주변에는 이 약 거의 다 먹고 있는데? 요즘 친구들이랑 만나면 다 이 약 얘기만 해. 언니는 약사면서 약 트렌드도 몰라?"

"네가 원하는 꿈은 너 스스로 이뤄야지. 이 약을 통해서 경험하는 일들은 다 공상이야. 그렇게 스트레스 받을 때, 원하는 게 있을 때마다 약에 의존해서 살면 나중에는 아무것도 못해."

"아니… 그냥 다들 먹으니까 나도 스트레스 받을 때 한 번씩 먹는 건데 왜 그렇게 심각해…."

"네가 그 약에 너무 의지할까 봐 그러지."

"나도 알아서 잘 조절하고 있으니까 너무 걱정하지 마."

"그래, 계속 조심해서 복용해. 너한테만 하는 얘긴데 사실 약국에 일이 좀 있었어."

"왜? 뭐 안 좋은 일 있었어?"

"약국 손님 중에 그 약 때문에 일어난 사고가 있었어."

"어머, 정말이야? 무슨 사고였는데?"

"마이디에 중독돼서 지속적으로 복용하다가 꿈에서 안 깨어나 병원에 실려 갔어."

"그래도 그런 사고가 흔하게 일어나는 일은 아니잖아."

"아냐, 너 언니 친구 민희 알지?"

"그럼 알지, 언니 대학 친구잖아. 우리 집에도 자주 왔었고."

"며칠 전에 전화했는데 걔네 약국에도 그런 사고가 있었대. 그런 일들이 암암리에 많이 일어나고 있나 봐. 그런 와중에 네가 이 중독성 강한 약을 복용해서 걱정이 돼."

"그런 일이 있었구나. 근데 너무 걱정하지 마. 나 자주 먹진 않아."

한번 약 복용을 시작하면 조절하기 힘들다는 것을 누구보다 잘 아는 나는 걱정이 앞섰다. 그런 걱정과 함께 '마이디 복용을 왜 시작했을까' 하는 동생을 향한 안타까운 생각도 들었다. 남의 일이라고 생각했던 마이디 부작용이 나의 가족의 일이 될 수도 있다는 생각에 무서워졌고 내 가족에게 권유하지 못하는 약을 누구에게 권유하고, 팔고 있는 것인가 하는 생각이 들었다.

당장 다음날 약국으로 내려가 전시대에 진열되어 있는 마이디를 다 창고에 넣어두고 마이디를 사러 온 손님들은 매진되었다는 핑계로 돌려보냈다. 내가 되돌린 손님들은 다른 약국에 가서 결국 마이디를 사겠지만 나는 이제 양심상 마이디를 팔지 않을 것이다.

물론 공식적으로 보이콧을 하는 건 아니다. 그렇기에 제약회사에 딱히 문제를 제기하지 않고 마이디 신청 중단 이유를 대충 얼버무렸다. 우리 약국 말고도 마이디를 팔 곳은 많았던 탓인지 아님 자신들도 마이디의 부작용을 알았던 것인지 제약회사원들은 신청 중단에 대해 의아해했지만, 더 묻지 않았다.

그 후, 나는 동생이 마이디에 중독될까 걱정이 되어 동생에게 더 많은 관심과 애정을 주었다. 약국에서 퇴근 후 동생의 집에 찾아가 함께 밥을 먹으며 고민을 들어주기도 했고 일이 늦게 끝나는 날에는 전화라도 해서 안부를 묻곤 하였다. 가장 중요한 마이디에 대한 주의를 계속해서 새겨주는 것도 잊지 않았다.

그날도 어김없이 동생의 집으로 향하고 있었다. 전화를 받지 않는 동생이 불안하긴 했지만 그저 기분 탓이라 믿었다. 하지만 조용한 동생의 집, 그 방 안에는 꿈에서 깨지 못한 채 누워있는 동생이 있었다. 옆 서랍 속에는 나의 약속과 다르게 마이디로 가득 차 있었다. 머릿속이 새하얘졌다.

허둥지둥 119에 전화를 하고 구급대원들이 쉽게 볼 수 있게 옆 서랍을 다시 열어두었다. 몇 분 뒤 구급차가 오고 동생을 데려가면서 내가 열어둔 서랍을 힐끗 쳐다보며 말했다.

"이번에도 마이디 복용자였네."

다행히 동생은 병원에서 쉬면서 빨리 평상시로 돌아올 수 있었다. 그렇지만 나는 이 일을 며칠 뒤 열리는 대학 동창회에서 알려야겠다고 생각했다.

며칠 후, 동창회 날이 되었다. 오랜만에 친구들을 만나는 반가움도 크지만 사실 요즘 나의 모든 관심이 마이디에 있는 만큼 오늘 만나면 마이디에 관한 이야기가 나올까 싶은 기대감이 더 들었다.

"오 다들 빨리 왔네. 잘 지냈냐?"

"뭐 맨날 똑같은 약국 생활이지. 너는 요즘 어때? 살이 좀 빠진 거 같은데."

"나도 뭐 똑같지…."

다들 뭔가 할 말이 있는 듯한 표정으로 얼버무리며 말을 넘겼다.

"자, 빨리 자리에 앉아. 오늘은 민규가 쏜대. 민규가……."

지원이가 분위기를 주도하기 시작했다.

"민규? 그때 약국 위치 옮긴다더니 잘 되나 보네."

"그런가 봐. 나도 약국 자리 옮겨야 하나."

"너네 동네 정도면 괜찮지 않아? 주변에 사람들도 많고."

"그게 문제가 아냐. 차라리 돈을 덜 버는 게 나을 거 같아. 맨날 오는 손님 있는데 정말 진상이야. 내가 속으로 얼마나 욕한다고."

"그런 손님은 어딜 가나 다 있는 법이잖아. 힘내."

"그래. 참고 일해야지 뭐…."

이런저런 얘기를 하다 보니 시간도 꽤 지나갔다. 친구들도 나처럼 다 마이디에 정신이 팔려서 진지하고 심각한 얘기만 하려나 싶었는데 그런 것도 아니었다. 언제쯤 마이디 얘기를 시작해야 하나 계속해서 타이밍을 보고 있는데, 한 친구가 조심스럽게 말했다.

"다들 지금 마이디 팔고 있어?"

"응, 팔고 있지. 왜?"

"그게… 마이디에 중독된 손님이 많아지는 것 같아서 이제 그 약을 팔지 말까 생각 중이야. 더 이상 혼자 힘들게 마음 졸이고 싶지 않아."

'나만 마이디에 의문이 생긴 게 아니었네. 다행이야.'

그 친구의 말에 나는 동질감을 느꼈다. 그리고 나뿐만 아니라 다들 이 이야기를 기다리고 있었다는 듯 다른 친구들도 연이어 동의했다.

"우리도 같은 상황이야. 그 약에 중독된 손님들이 많아. 심한 경우에는 병원에 입원한 손님도 봤어. 마이디를 사는 손님들은 계속해서 늘어나는데 한 번 산 손님이 그만 사는 경우는 드물어. 정말 무서운 약이야."

"심지어 입소문이 돌아 점점 복용하는 연령도 낮아져서 어른도 절제하기 힘든 약을 통제력 약한 청소년들이 먹기 시작했으니 이제 중독되는 일은 시간문제야."

"근데 고민인 건 그 약은 인터넷이나 다른 약국에서도 손쉽게 구매할 수 있으니까 나만 마이디를 안 판다고 해서 손님이 마이디를 못 사는 것도 아니고…."

"맞아. 이 약이 가진 마약 같은 위험한 중독성에 비해 너무나 손쉽게 살 수 있지. 그건 우리가 어떻게 할 수가 없네."

해결할 방법이 보이지 않는 답답한 상황에 우리는 잠시 조용해졌다. 각자 곰곰이 생각할 때 내가 마음속에 있던 말을 하기 시작했다.

"다들 너네 가족이나 친구, 지인들에게 떳떳하게 마이디 권유할 수 있어?"

다들 아무 말이 없었다. 떳떳하게 권유할 수 없으니까.

"나도 그래. 동생이 마이디 먹는 걸 봤는데 먹지 말라고 했어. 다른 사람한테는 권유했으면서. 그 뒤로는 못 팔겠더라."

내 얘기를 가만히 듣던 친구들이 말했다.

"그래. 우리가 이 약을 어떻게 더이상 다른 사람에게 팔 수 있을까."

"그러면 우리 고발하는 건 어때? 저번부터 생각해 봤는데 이렇게 계속 혼자 고민하는 거보단 힘을 모아 신고하면 좋을 것 같은데."

"근데 막상 신고하려니까 이 일이 너무 커질까 봐 조금 겁난다. 고발하는 게 그렇게 간단한 일도 아니고. 우리가 신고한다고 해서 상황이 많이 바뀔까? 괜히 우리만 제약회사 눈 밖에 나면 어쩌지."

"나도 두렵긴 해. 그래도 너 이상 마이디로 인한 피해는 없어야 된다고 생각해."

"그건 나도 그래. 우리가 시작해 보자."

그렇게 우리는 식품의약품안전처에 마이디의 복용에 의한 부작용을 고발하였다. 그리고 나는 약국 출입문에 팻말을 걸었다.

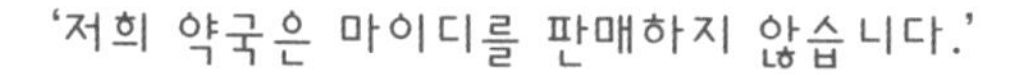
'저희 약국은 마이디를 판매하지 않습니다.'

박주은

전지적 형사 시점

진서연

'○○경찰서 형사 김다빈'

고등학생 때부터 오직 형사라는 직업만을 위해 누구보다 열심히 공부했다. 언젠가부터 형사가 되고 싶다는 생각 하나로 그렇게 다빈은 땀 흘리며 체력을 키우고 다른 이들과 경쟁하며 자신을 스스로 성장시켰다. 좋지 못한 집안 사정 때문에 자신에게 결코 쉬운 일이란 없을 것이라고 생각하며 그녀는 누구보다 더 간절하게, 악착같이 이 세상을 살아왔다. 다빈은 그렇게 형사로서 생활을 무난하게 끝낼 줄로만 알았다, 적어도 한 건의 신고를 받기 전 까지는. 그 신고가 자신의 인생을 바꿀 것이라고는 생각지도 못했다.

자신이 약사라고 주장하는 익명의 누군가가 그녀의 부서로 이상한 약의 유통에 대해 진상을 밝혀달라며 연락해 왔다. 20××년 대한민국 온라인 매체에서 뜨거운 이슈가 되고 있는 그 약인 것 같았다. 처음 그것과 마주했을 때 약국에서 다른 약들과 함께 런칭되고 있는 것을 보며 다빈은 '저 약이 대체 뭐길래 인간들이 저렇게나 열광하는 것일까' 잠시 의문을 가졌으나 하루하루를 바쁜 세월로 살아가고 있는 다빈은 약에 대해 생각해 볼 시간조차 없었다. '원하는 꿈을 마치 실제처럼 이루게 해드립니다.' 누가 봐도 흥미를 느껴볼 만한 약의 문구. 아직 제대로 알지는 못하지만 일반적으로 판매되고 있는데다가 아직 확실한 부작용 증거도 없는 저 약에 대해 과연 이 약사는 경찰이 어떤 진실을 밝히길 원하는 것일까. 이에 대해 다빈을 비롯한 경찰팀은 신경을 쓰지 않을 수가 없었다. 그들이 느낀 의문점 또한 한두 개가 아니었다. 자신에 대해 약사라고 직업만 밝혔을 뿐 어디 병원 소속인지, 자신의 이름은 무엇인지, 그 외에 자신에 대한 정보는 단 하나도 알려주지 않은 채 경찰서에 이 사건을 의뢰했다는 점 자체가 이상했다. 안 그래도 여러 가지 사건사고들이 올라오는 이 시점이라 잦은 야근으로 한창 피곤한데 알 수 없는 이 신고에 다빈은 과부화로 머리가 터져버릴 것만 같았다. 회의를 끝내고 다시 행정 업무를 시작하며 저녁시간에 두통약을 사갈 겸, 선배가 사와 달라고 부탁한 그 약을 알아보러 가기 위해 약국에 가 보기로 선택을 내린 다빈이었다. '딱히 부작용은 많이 없는 것 같던데…' 생각도 잠시 다빈은 마치 아무 일도 없었다는 듯 꽤 오랜 시간 일을 수행했음에도 불구하고 일단 쌓인 일부터 처리하자는 생각에 업무들을 하나하나 처리해 나가기 시작했다.

'오늘 하루도 시간 맞춰서 퇴근하기는 글렀네.'

다빈은 노트북 화면에 비친, 다크 써클이 진하게 내려앉은 자신의 얼굴을 보며 겨우겨우 업무에 집중하기 시작했다. 하늘이 점점 어둑어둑해지고, 시간은 어느새 저녁을 향해 달려가고 있었다.

"저녁시간이니까 30분 정도 쉬었다가 쉬엄쉬엄 일하시겠습니다."

수사과장의 말씀이 끝나기가 무섭게, 하나둘씩 형사들이 자리에서 일어나기 시작했고, 다빈도 자리에서 일어나 의문에 쌓인 약에 대해 알아보기 위해 약국을 향해 걷기 시작했다.

무거운 머리를 이끈 채 다빈은 근처 약국으로 발걸음을 옮겼다. 의문의 여성이 제보한 약은 과연 어느 것인가. 약에 대해 도통 아는 것이 없는 다빈은 답답한 마음으로 약국 안에 들어선 채 주위를 서성인다.

"어떤 약을 찾고 계세요?"

필요한 것을 찾는 듯한 다빈에게 약사가 다가와 물었다. 나이가 지긋하게 들어보이는 남성이었기에 여성이고 젊어 보이는 목소리였던 신고자는 아닐 것이다 생각하며 의심을 거뒀다.

"정확한 상표명은 잘 모르겠고, 원하는 일이 꿈에 나타나는 약을 찾는데…."

이럴 줄 알았으면 동료들에게 대충이라도 물어보고 올 걸, 자신의 성급한 판단을 조금 후회하는 다빈이었다.

"아 요즘 손님들이 부쩍 많이 찾아가시는 약 같은데."

몇 번째 받아본 익숙한 질문이라는 듯 약사는 웃으며 한 개의 상자 속에서 캡슐 형태의 약을 한 개 꺼냈다. 시중에 파는 다른 약들과 별 다를 게 없어 보이는데, 약에 대한 궁금증을 떨치지 못한 채 다빈은 약을 구매했다.

아무도 없이 정적만 흐르는 경찰서 안에는 잘 알지도 못하는 캡슐 형태의 약을 들고 고군분투하고 있는 다빈만을 볼 수 있었다.

'도대체 이 약이 뭐길래, 얼마나 대단한 효과를 가져다 주길래 사람들이 이렇게까지 열광하는 것일까.'

직접 사용해 보지 않으면 끝까지 이에 대해 모를 것이라는 약사의 말에 '해 볼까' 하는 충동이 다빈의 이성을 건드렸으나, 그 누구보다 빠른 이성 판단력과 강한 정신력을 가진 그녀였기에 자신의 몸에 칼이 들어오는 한이 있더라도 절대 약을 직접 먹는 일은 없을 것이라고 굳게 다짐했다. 뒤에 저녁을 먹고 들어오고 있는 슬기의 존재도 모른채 다빈은 저녁시간 내내 그 약만 날카로운 눈빛으로 노려보고 있었다.

"약 닳겠다, 저녁도 거르신 것 같고. 기껏 사온 게 그 약 맞죠?"

'먹어 볼까 말까' 자신의 이성을 바로잡으며 아까부터 내적갈등중인 다빈에게 다가온 동료 슬기가 말했다.

"강 형사님, 이 약 한 번이라도 써본 적 있어요?"

자신의 몸에 직접 실험해보는 것보다는 주변 동료의 이야기를 들어보는 것이 나쁘지 않겠다고 생각한 다빈이 호기심 가득한 목소리로 물었다.

"김 형사님이 이렇게까지 궁금해 하시는 건 또 처음이네. 저는 그 약 무서워서 못쓰겠더라고요. 궁금하시면 직접 사용해 보시는 것도 나쁘지 않을 거라고 생각하는데."

다빈과 같은 생각이었다. 자신도 소문만 들어봐서 잘은 모르겠다는 슬기의 말에 아쉬움을 느끼는 다빈에게 자신은 겁이 난다며 사용을 거부하겠다고 강하게 자신의 의사를 밝혀왔다.

"사실 약이란 게 언제 부작용을 일으킬 수 있는지는 알 수 없는 거니까요. 아, 다른 사람들은 간절해서 그런 건지 잘 몰라도 저는 그렇게 생각한다는 말이니까 너무 신경 쓰진 마세요."

싱긋 웃으며 자신의 어깨를 두드리고는 '부서 다 같이 해결하는 일인 만큼 힘내 보자' 며 피로회복제를 하나 올려놓고 자리로 돌아가는 슬기였다.

순간 다빈의 복잡한 고민을 해결해 줄 단서가 떠올랐다. 슬기가 흘려 말했던 부작용, 약의 부작용이었다. 인간의 현실세계가 아닌 꿈속에서 일어나는 것일뿐이라고 생각한 다빈의 생각 회로에 또 하나의 확률이 생겨났다. 전 세계에 유통되고 있는 수많은 약들 중에서 부작용이 없는 약은 단 한 개도 없을 것이다. 뭔가를 발견한 듯 노트북에 미친 듯이 타자를 두드리는 다빈을 신기하다는 듯이 바라보는 슬기의 눈빛을 가볍게 무시한 채, 다빈은 포털사이트 검색창에 ○○약의 부작용, ○○약의 위험사례에 대한 모든 내용을 찾아보려 했으나 결과는 속수무책으로 인터넷은 알 수 없는 내용만 뱉어낼 뿐이었다. 빌어먹을 인터넷. 다빈은 결국 확실한 단서는 아무것도 찾지 못한 채 자신의 다른 업무에 집중할 수밖에 없었다.

오늘도 자신에게 돌아온 야근이라는 무거운 짐을 내려놓은 채 뻐근한 어깨를 풀고 다빈은 퇴근할 준비를 했다. 수사반장이 퇴근함을 알리고 나서야 형사들은 재빠르게 하나둘씩 퇴근하기 시작했다.

집으로 돌아가는 내내 다빈의 머릿속엔 알 수 없는 의문의 약에 대한 내용만 감돌 뿐 주변에 일어나는 어떤 소리도 그녀에겐 들려오지 않았다. 대체 뭘까. 나름 다급해 보이는 제보자의 목소리. 자신의 직업만 밝힌 채 그 외에 아무런 정보도 알려주지 않은 신고자는 어쩌면 자신의 정보가 밝혀지길 원하지 않을 수도 있겠다고 다빈은 생각했다. 처음 이 약을 접했을 때 다빈은 이 약은 과연 누구를 타깃으로 나온 것일까 생각했다. 자신에겐 이 약이 정말 필요하지 않았기 때문에, 약을 사 가는 사람들의 마음을 전혀 공감할 수가 없었다. 경찰서 동료 중에선 이 약을 사용한 사람이 한 명이라도 있지 않을까, 약에 대해 논의해 보기로 한 아침회의 시간을 기다리며 약에 대한 의문을 가득 쌓았다. 유난히 잠 못 드는 밤이었다.

다음날 아침 화장실 거울에 비친, 너무나도 초췌한 자신의 얼굴을 보고 다빈은 경악을 감출 수가 없었다. 턱 끝까지 내려온 다크써클에 더불어 마구 헝클어진 자유분방한 머리카락까지. 평소엔 머리를 대충 낮게 묶고 출근했을 다빈이지만 그렇게 했다가는 자아가 생겨버린 머리카락들이 자유롭게 날아다닐 것만 같아 오늘만큼은 머리를 높게 올려 돌돌 말았다. 어느 정도 봐줄 만할 정도의 준비를 하고 나갔다. 아 물론, 그 약도 함께 챙겼다.

"약은 좀 드셔 보셨어요?"

슬기도 내심 궁금했는지 다빈이 출근을 하자마자 물어왔다. 고개를 도리도리 젓는 다빈을 보고는 슬기는 오늘도 피곤해 보인다며 좀 이따 회의 때 보자고 말한 뒤 자신의 자리로 돌아갔다. 오늘도 자신의 자리에 쌓인 수많은 업무 종이들을 보고 다빈은 한숨을 내뱉었다.

'오늘도 정시퇴근은 글렀구나.' 업무를 하면서도 다빈은 자신의 일에 집중하려 노력했으나 약에 대한 궁금증이 자신의 머릿속을 가득 채워버리는 바람에 제대로 집중할 수가 없었다.

"아침회의 들어갈게요, 다들 준비하시고 회의실로 들어오세요."

수사반장님이 부르는 소리에 하나둘씩 조사했던 자료를 들고 회의실에 들어가기 시작했다. 다빈도 자리에서 일어나 어제 샀던 약과 나름 조사해 온 자료를 들고 그들을 뒤따라 들어갔다.

"어제 신고 들어왔던 '마이디'에 대해 다들 조사해 오셨죠? 그럼 강 형사부터 브리핑 시작할게요."

비록 신고자가 자신의 신상에 대해 정확히 밝히지는 않았지만, 신고자의 신상에 대해선 부득이한 상황이 아닐 경우 조사를 해선 안 되기 때문에 그냥 의문의 A씨라고 하기로 했다. 밝혀진 내용이 매우 적었음에도 불구하고, 나름 조사를 날카롭게 해온 슬기가 내심 멋있었다. 바로 다음 차례였던 다빈은 자신이 브리핑하게 될 자료들을 다시 한 번 꼼꼼히 읽어보고 읽었다. 자신의 발표뿐만 아니라 그 누구의 발표 속에서도 이 약의 문제점에 대해 명확하게 설명해 주고 있는 문장은 들을 수 없었다. 결국 아무런 해결책도 찾지 못한 채, 그렇게 두번째 회의가 마무리 되었다.

오늘도 어김없이 야근을 하고 놓칠 뻔한 버스를 겨우 타서 다빈은 집으로 향했다. 집으로 돌아와 침대에 누운 다빈은 끝없이 생각했다. 명색이 대한민국 경찰인데, 이렇게까지 단서가 안 나와서 쓰려나, 깊은 한숨을 내쉬며 머리를 쥐어뜯는 다빈에게 어머니가 아이스티를 들고 다가왔다.

"요새 부쩍 힘들어 보이네. 이거라도 먹고 머리라도 좀 식히면서 해, 너무 무리하지 말고."

자기 나름대로 정상적인 것처럼 보이게 행동하려 노력했는데, 힘든 티가 다 보였나 보다. 다빈은 괜찮다며 어머니를 안심시키곤 그녀를 조심히 내보냈다. 그러다가 자신도 모르게 아주 깊게 잠들어 버렸던 것 같다.

"좋은 아침~! 오늘도 대한민국 경찰로서 충성을 다하며 정의롭게 모든 일에 임하는 사람이 되도록 합시다."

지치지도 않는지, 매일 똑같은 말만 달고 살아가는 반장님의 모습이 새삼 대단하게 느껴졌다. 한숨부터 나왔다. 예전에는 그저 일거리로 보였을 뿐 하루 안에 다 처리할 수 있을 거라며 열정적으로 일을 시작했겠지만 이틀 내내 제대로 된 잠을 이루지 못해 무척 신경이 곤두선 다빈에게 쌓여진 종이 뭉치는 스트레스로 다가왔다. 무거운 마음으로 자리에 앉아 머리를 질끈 묶고 아침 업무를 시작했다. 오늘은 그래도 야외근무니까 그나마 좀 기분전환이 가능하려나.

기분전환은 무슨, 햇살 쨍쨍한 가을 하늘에 나들이는 커녕 학교 앞에서 금연 포스터나 들고 있다니, 다빈은 옆에서 투덜거리는 슬기와 나란히 한숨만 푹푹 내쉬고 있었다.

"요즘 학생들은 이런 거로 소용없지 않나요, 담배도 많이만 피우지 않으면 스트레스 해소에도 괜찮고 딱히 문제없는 제품인데 말이야… 다만 중독성이 조금 심하다는 것 빼고?"

'얘 진짜 경찰 맞나.' 한심한 눈길로 슬기를 바라보며 다빈이 말했다.

"위에서 하라고 하는데 어쩌겠어요. 이렇게 해서 이루어질게 없다는 건 그분들도 알고 계실 거라 생각해요. 일종의 보여주기 방식이지."

언제적 방식이야, 다른 지역에서는 전담경찰관이 직접 수업시간을 이용해서 금연 교육을 한다는데 우리는 이러고나 있다니. 한창 수업 중이었을 학생들이 하교하기 약 5분 전쯤이었다. 아까부터 저 멀리서 들려오던 웅성웅성거리는 소리가 점점 그들을 향해 가까워지기 시작했다.

"요즘 진짜 마이디라는 약이 이슈가 되고 있긴 한가 보네요, 사람들이 약의 사용을 반대한다고 저렇게까지 나오는걸 보면."

시위대를 보며 슬기가 안타깝다는 눈길로 그들을 바라보았다. 그냥 평범한 사람들 같지는 않아 보이는데.

"마이디라는 약이 꿈에서 원하는 일이 발생하는 것처럼 만들어서 일시적인 정신문제를 효과적으로 줄여줄 수 있으니까, 심리치료 전문의 같은 사람들은 당연히 반대하겠죠. 거의 자신들의 돈벌이를 뺏어가는 거나 다름 없는 건데, 이 약이 저 사람들에겐 독이 되는 거니까요."

하긴, 한 사람이 아니라 우리나라에 있는 정신과 의사들의 돈벌이를 가져가는 것과 다름이 없는 저 약의 판매가 계속되는 것도 문제가 있을 것이라고 생각했다. 하지만 저 약을 만들어서 판매하는 사람들도 돈을 벌어야 되는 것이니까, 그들의 입장에서 보면 또 마이디가 필요한 상황이었다. 그냥 서로 적당히 사용해서 윈윈하는 방법으로 협상을 하던가, 굳이 저렇게까지 나서서 싸워야 되나. 나름 평화주의자였던 다빈은 저들이 저렇게까지 하는 모습이 이해가 되지 않았다. 슬기와 다빈은 그저 이 모든 것을 끝내고 경찰서로 돌아가고 싶었다. 한여름이 아니어서 그나마 다행이지만, 뜨거운 가을 햇살 아래에서 금연 팻말을 들고 서 있기란 쉽지 않은 일이었다.

힘들었던 시간이 지나가고, 잠시 눈이나 붙여볼까 하고 의자에 편하게 앉아 등을 기대려던 찰나, 뉴스가 형사들의 이목을 사로잡았다.

"요즘 대한민국을 뜨겁게 달구고 있는 약 마이디, 최근 ○○대학교에서 이 약에 의해 중독 후유증을 일으키고 있는 것으로 의심되는 학생들이 늘어나고 있다 하는데요. 자세한 소식은 A기자를 통해서 들어보도록 하겠습니다."

분명 사람들은 약을 먹었을 때 자신에게 그 어떠한 부작용도 일어나지 않는다고 말했다. 마치 담배처럼. 한 번 했을 때는 자신에게 가벼운 효과가 생길 뿐이라고 생각하는 것 말고는 자신에게 해로운 영향을 끼친다고는 꿈에도 생각하지 못한다. 하지만 그렇게 한 번, 두 번 하다 보면 어느새 골초가 되어 조금만 가까이 다가가도 냄새가 나고, 핀 지 시간이 얼마 지나지 않았는데도 또 한 개비를 꺼내어 입에 무는 사람들을 다빈은 주변에서 봤다. 그렇게 몸속에 담배가 한 개비씩, 한 개비씩 쌓이다 보면 폐가 검게 변하는 등 인간의 생명에 크나큰 위협을 가하게 되는 것이다. 마이디라는 약은 아직 밝혀진 바가 없지만 언젠가는 담배처럼 인간의 생명을 위협할지도 모른다.

뉴스에 나온, 누가 봐도 정상처럼은 보이지 않는, 마이디 과다섭취로 인해 틀 속에서 빠져나오지 못해 골골거리고 있는 저 대학생들에게 언제 더 크나큰 위험이 닥칠지 모른다는 얘기다. 인간의 욕심은 끝이 없고 같은 실수를 반복하기 마련이다. 호기심에 한번 섭취해 본 약에 이끌려 이젠 먹지 말아야지, 다시는 이 약에 손도 대지 말아야겠다는 이성이 결국엔 꺾여 어느샌가 자신도 모르게 약을 먹고 있는 자신을 발견하게 될 수도 있다.

"만약 자신이 너무 힘들다면, 한 번쯤 먹어보는 것도 좋지만 과다복용은 하지 말아야 한다."

다빈이 약을 사러 갔을 때, 약사라든가 마이디를 제조해 내는 사람들이 이 문구를 적거나, 약을 사는 사람들이게 이를 알려주었다면 최소한 지금 같은 상황은 피할 수 있었을텐데. 자신이 중독된 줄도 모르고 끊임없이 약을 섭취해서 현실과 꿈속을 구분하는 것도 어려워 보이는 TV 속 저 대학생들이, 위험하다.

각자 자신의 자리에서 일을 하고 있던 형사들의 빠른 타자소리가, 한순간에 조용해졌다. 사용하면 사용할수록 생기는 마이디라는 약의 중독성이 인간들에게 어떤 위험을 가져올지 아직 아무도 모른다. 그렇다고 무작정 마이디의 판매를 중단할 수는 없는 노릇이었다. 마이디를 적절한 시기에 사용하고 있는 사람들에게도 피해를 줄 뿐만이 아니라, 이 약을 판매함으로써 돈벌이를 하게 되는 제작자들의 입장도 고려해야 하는 문제였다.

"이 상황 그대로 진행되게 만들 순 없어요. 누구 한 명이라도 나서서 이 문제를 해결해야 해요. 그대로 흘러가게 내버려 둘 순 없으니까."

슬기의 말처럼 이대로 가만히 두고 볼 수는 없는 문제였다. 형사들도 대부분 동의하는 듯 보였다. 이제서야 신고내용이 이해가 갔다. '누가 봐도 약에 중독되어 심하게 힘들어 보이는 사람들이 축 늘어진 채로 약국에서 홀린 듯이 약을 사간다' 는 생각만 해도 소름이 끼쳤다. 좀비영화에 나오는 좀비들처럼, 많은 사람들이 약에 홀려 좀비 꼴이 될 것 같다는 생각도 했다. 이래서 영화 속 얘기가 항상 허구라는 말이 틀렸다고들 하는 건가. 생각지도 못했던 마이디라는 존재가 경찰서를 삭막하게 만들었다.

시중에 파는 흔한 약과 똑같은 마케팅 광고에, 똑같은 사용방법인데 이리도 다른 이유가 무엇일까. 마이디에 대한 첫 회의 때 자신에게 약을 사오라는 팀장님의 부탁을 받고 약을 샀을 때, 약을 먹어볼까 한 번이라도 고민했지만 결국 먹지 않은 과거의 자신에게 안심했다.

“아직 스무 살 밖에 되지 않은 대학생들이 뭔 심각한 정신적 스트레스가 있다고 이 약을 먹을까요? 아직 앞길이 창창한데.”

“김 형사님, 요즘 학생들 취업준비, 경제문제, 연애문제까지 얼마나 스트레스가 많은 줄 모르시네. 자신을 스스로 제어할 수 있는 대학생들도 정신 못 차리고 닥치는 대로 약을 먹어서 몸도 제대로 못 가누는데, 아직 어린 고등학생들이나 중학생들이 먹게 된다면, 하아 상상도 하기 싫네요.”

슬기가 한 말이 모두 맞았다. 대학생들도 대학생들이지만 고등학생, 중학생들에 대한 생각도 하지 않을 수가 없었다. 요즘 마이디만큼이나 뉴스에 자주 나오는 기사 제목은 ‘학교폭력’, ‘주변 친구들의 집단폭행으로 인한 학생 ◯모양의 자살’ 등으로 학교에서 일어나는 폭력에 관한 기사들이 수두룩하다.

뿐만 아니라 부모들의 심각한 성적 간섭으로 인해 안 좋은 선택을 하는 학생들도 한두 명이 아니다. 오죽하면 이를 주제로 만든 드라마까지 생길 정도일까.

“아직 어린 학생들이 정신적 스트레스로 인해 마이디를 남용하게 되면 어쩌죠?”

그렇게 할 수는 없다, 아니 그렇게 해서는 안 된다. 경찰이란 국가 사회의 공공질서와 안녕을 보장하고 국민의 안전과 재산을 보호하는 일을 하는 사람이다. 적어도 대한민국의 경찰이라면 지금 마이디로 인해 안 좋은 쪽으로 기울어지고 있는 사회를 다시 원래대로 되돌릴 필요가 있다. 의무적으로라도 우린 지금 이 순간 마이디를 남용하고 있는 사람들의 행동을 막아야 한다. 성급히 진행되면 많은 일에 착오가 생길 수 있기 때문에, 사건에 대해 훨씬 융통성을 발휘해 해결해 나갈 수 있도록 팀장님의 지휘에 따라 차근차근 해 나가기로 한 ○○경찰서 1팀이었다.

"당분간은 마이디의 중독성에 대해 중점을 두기 위해, 현재 자신의 업무만 빨리 처리하고 앞으로 들어오는 업무들은 경찰2팀에게 넘기도록 하겠습니다. 동의하시죠?"

경험치가 훨씬 많으신 팀장님의 말씀에 대부분 동의하는 듯 보였다. 이걸 좋다고 해야 되나, 말아야 되나. 내일부턴 옆에 쌓인 산더미 같은 종이들을 보지 않아도 될 생각에 일단 좋긴 한데, 이렇게나 집중적으로 한 사건에 대해서만 조사해 본 경험은 한 번도 없었던 다빈이었기에 긴장감도 없지 않아 있었다. 가슴속에 머물러 있던 궁금증이 싹 내려가는 느낌이었다. 당장 내일에 대한 생각들은 잠시 비워두고, 한결 가벼워진 마음으로 잠을 청했다.

"하루에 한 알씩 섭취를 권장 드립니다. 약 상자에 쓰여 있긴 하네요, 아주 작게. 돋보기안경 정도는 써야 겨우 보이겠는데요?"

웬만한 젊은 성인들도 유심히 관찰해야 보이는 문구. 학생들이나 나이 드신 분들이 아주 잘도 보겠다. 슬기가 약상자를 보곤 한숨을 쉬며 말했다. 마이디를 섭취하기 전 상자를 대강 훑어보곤 잘 알지도 못한 채 이를 섭취하는 사람들에게도 문제가 있지만, 글자를 점자처럼 아주 작게 적어둔 제작사 측에도 문제가 없는건 아니었다.

이런 약을 시중에 아무렇지도 않게 판매하고 있다니, 심지어 홈쇼핑 채널을 돌리면 쇼호스트들이 손에 들고 부작용 없는 각종 좋은 후기들을 얘기한다. 심지어 다른 약들과 별반 다르지 않은 착한 가격까지, 누구 하나가 이를 보고 좋아하지 않을 수가 없겠는가.

"그래도 이거 이제 방송 탔으니까 사용하는 사람들이 좀 줄어들지 않을까요?"

구석에서 새로 들어온 막내 형사가 조심스럽게 말했다. 이름이, 해영이라고 했던가.

"그렇다면 금연 광고랑 금연을 유도하는 방송이 지금까지 방영이 아주 잘도 되고 있겠네. 이렇게 해도 안 되는걸 우린 지금 뼈저리게 느끼고 있잖아."

전부 맞는 말이었다. 슬기와 다빈이 학교 끝나는 시간에 맞춰 학생들에게 금연 전단지를 나눠줘도, 편의점에 세워진 휘황찬란한 담배광고를 보면 학생들의 호기심 가득한 눈빛은 그곳으로 가기 마련이고, '건강에 좋지 않다, 주기적인 흡연은 우리에게 안 좋은 영향을 준다' 와 같은 자극적인 문구가 새겨진 광고를 때려도 사람들은 결국 자신의 욕구를 이기지 못하고 담배를 구매하곤 한다. 마이디도 이와 같은 방법을 사용하여 남용을 막는다는 의도를 취하게 된다면, 담배와 똑같은 결과를 낳는 상황은 시간문제일 것이다. 이렇게 한다고 달라지는 게 없다는 얘기다.

"마이디의 사용 증가로 불안에 떠는 사람들은 또 누가 있을까요?"

일단 사회의 혼란을 일으킬 수도 있다는 생각에 고군분투하며 심각해진 우리 경찰, 꿈을 통해 정신적 스트레스를 줄여줄 수 있는 마이디의 효능에 의해 의도치 않게 돈벌이에 문제가 생기게 된 정신과 의료진들을 비롯한 심리상담사, 약의 중독성이라는 틀에 갇혀 스스로 제어가 되지 않는 중독 의심자들까지 생각해보니 꽤 많았다. 역시 쉽지 않은 문제였다.

"약을 복용하는 사람들의 보호자들은 자기 자식들이 약에 중독되었다는 사실을 알고 있을까요?"

슬기의 물음에 다빈은 잠시 고민에 빠졌다.

"보호자들이 알고 있었다면 진작에 자녀들의 약 복용을 막았겠죠. 시중에 너무 쉽게 팔리고 있다는 점도 문제예요. 누구나 쉽게 살 수 있으니까 막 들고 가서 사가는 거지, 끊임없이."

자신의 자식들이 약에 빠져 있는 줄은 꿈에서조차 모를 보호자들을 생각하니 안쓰러운 마음이 들었다. 하다못해 다이어트 약에도 약 복용 시 전문가와 상의하라는 말이 있는데, 마이디엔 그 문구조차 적혀 있지 않았다. 하지만 중요한 건 중독 의심증세만 확실하게 나타나 있을 뿐 아직 질병과 같은 심각한 문제가 일어난 건 아니라는 것이다.

'일단 오늘은 마이디의 심각성에 대해 다들 깨달았으니 약 섭취는 웬만하면 하지 말고 각자 조사해보게 하자'는 팀장님의 말에 대부분 고개를 끄덕였다. 너무 성급하게 하지는 말되, 우리가 할 수 있는 한 하는 것. 현재로썬 그것이 우리가 할 수 있는 최선이라고 생각했다.

마이디에 관한 수사를 진행한 지 어느새 3일이라는 시간이 지났다. 수사가 잘 진행되고 있냐고 묻는다면, 1초의 망설임도 없이 말할 수 있다. 수사에 전혀 진전이 없다. 아직 밝혀진 바가 없기도 하고, 특별히 이에 대해 문제가 발생한 것 또한 없다. 마이디의 중독성을 떠들어대던 뉴스들도 조용하다.

여느 때처럼 아무런 변화 없이 자연스럽게 마이디를 광고하고 있는 홈쇼핑 방송만 늘어갈 뿐이었다. 다빈은 빠른 속도로 매진되어가는 마이디 방송을 한심하다는 듯이 바라보았다. 아직 밝혀진 게 없으니, 수사에 답답함을 느낀 형사들이 그렇게 지루함을 느끼던 찰나였다.

"저번에 보도한 화제의 약, 마이디에 관한 소식입니다. 마이디로 인한 중독 증세를 일으키고 있는 것으로 의심되는 학생들이 하나 둘씩 증가하고 있다는 내용입니다. 자세한 내용은 A기자가 말씀드리겠습니다."

"저희 측으로 내용을 알려주신 ○○고등학교 앞에 나와 있는 기자 A입니다. 예전과 달리 지금의 고등학생들이 가장 많은 스트레스를 받는 것, 바로 성적인데요. 모의고사와 2학기 중간고사가 얼마 남지 않은 요즘, 두통으로 인해 보건실을 찾는 학생들이 눈에 띄게 늘었다고 합니다. 두통으로 보건실을 찾아온 학생들이 공통적으로 복용한 약, 바로 마이디인데요. 성적으로 압박감을 얻고 있는 학생들에게 심리적 안정감을 꿈속에서 이루어지게 함으로써 편안함을 느끼게 해줘 마이디가 인기를 끌고 있다고 합니다. 심각한 스트레스로 인해 복용하는 학생들의 수가 만만치 않을뿐더러 이들의 주변에서 호기심을 느껴 약을 찾는 학생들도 조금씩 늘어나는 추세입니다. 아직 자신을 제어하는 데에 어려움을 느끼는 이들에게 마이디의 지나친 복용을 예방할 수 있는 주변 환경의 변화가 필요하다고 느끼는 바입니다. 이상 ○○뉴스 A기자였습니다."

다빈이 예상했던 일이 실제로 일어나고 있다. 다만 예상하지 못했던 부분이 하나 있다면 중독 의심 증세를 일으키는 학생들의 수가 절대 적지 않다는 점이다. 중독 증세가 다른 학생들에게 퍼지게 되는 건 그야말로 시간문제다. 집단적인 생활이 다른 곳보다 유난히 많은 학교, 그 어느 곳보다 소문이 나기 쉬운 곳이다. 마이디가 흐름을 타 지금보다 더 많은 학생이 이를 접하게 된다면 감히 상상도 하지 못하는 일이 벌어질 것이다.

"이거, 상황이 생각보다 더 심각해졌어. 우리 각성하고 이거 막아야 해."

팀장님이 심각한 목소리로 말했다. 아직 어린아이들이 겉으로 해가 없어 보이는 이 약을 계속 섭취했을 때 과연 어떤 결과를 가져오게 될까. 아직 아무도 이에 대해 잘 모르지만, 누구나 결과가 좋지 않을 것을 예상하고 있을 것이다.

마냥 좋을 거라고만 생각했던 마이디의 실체가, 점점 드러나고 있다. 뭐든 과한 것은 좋지 않다고 누가 그랬는데, 마이디에 대체 어떤 성분이 들어 있길래 이리도 사람들이 집착하는 것일까. 어떤 성분으로 인한 중독이 아니라, 꿈에서만 나타나는 일시적인 효과에 의해 지속해서 약을 찾게 되는 것일까. 사람들이 마이디에 중독되는 정확한 원인이 무엇인지 궁금했다.

"약 자체에는 문제가 딱히 없는 것 같아. 성분 자체에 약간의 중독성을 일으키는 물질이 있긴 한데, 그 양은 매우 적어. 심지어 담배보다 적은데, 도대체 문제가 뭐야."

답답하다는 표정으로 팀장님이 긴 머리를 거칠게 넘겼다.

"주변에 마이디 먹는 사람 어디 없나요? 한 번 먹어 보기라도 한 사람이 필요해요. 우리 주변엔 이게 어떤지 아는 사람이 아무도 없으니까 직접 먹어본 사람을 찾는 건 어떨까요?"

슬기가 말한 방법도 나쁘지 않았으나 내 주변에 어디 마이디를 먹어 본 사람이 있긴 하려나.

퇴근하고 집에 와서 급하게 노트북을 켜서 마이디를 복용한 이들의 사례를 찾아보았다. 대부분 사람이 마이디를 복용하게 된 이유는 다이어트, 연애문제, 진로문제였다. 성적문제도 적지 않게 보였다. 나도 한때 취업 준비 때문에 많이 힘들었는데, 사람들의 사례들을 살펴보니 그들이 왜 이 약을 먹게 되었는지 어느 정도 이해가 되는 것 같기도 하다.

잘 준비를 하는 다빈은 오늘 일어났던 일들을 돌이켜보며 문득, 고등학생, 대학생 시절의 자신을 떠올렸다. 수능이 끝나고 적어도 인서울은 간단하게 들 수 있는 성적을 받고 원하는 대학에 들어간 다빈의 눈앞에 보이는 건 여유로워 보이는 그녀의 친구들과 약간 다른 '취업' 이라는 문제였다. 다른 친구들이 과팅을 다니고 엠티에서 술을 미친 듯이 퍼마시며 시끄럽게 웃고 떠들 때, 다빈은 자신의 방에 틀어박혀서 오직 공부만 죽도록 했다.

어렸을 적 사업이 망한 아빠를 지켜보며 자신만큼은 저렇게 되지 말자고 생각한 그녀는 최대한 빨리 취업을 하기 위해서 다른 신입생들과 다르게 포기한 게 꽤 많다. 파란만장한 대학 생활은 물론이고 친구도 두껍고 적게 만들 뿐, 그 이상도 그 이하로도 만들지 않았다. 주변 이들은 그녀를 로봇이라고 할 정도로 신기하게 여겼다.

다른 신입생들과 달리 그녀는 항상 질끈 묶은 머리에 후드티 한 장을 걸치고, 누가 보면 대학 생활을 4년은 한 것처럼 그 흔하다는 CC 한 번도 해보지 못한 채 지루한 대학 생활을 보냈다.

'본 투비 악바리'

그녀를 한마디로 정의하자면 이런 느낌. 죽지 않을 만큼 먹고 죽기 전까지 공부해서 지금의 다빈이 될 수 있었던 것이다. '그때 생각하면 참 많이 힘들었는데,' 당시엔 힘들어 할 새도 없었다. 독서실에서 공부를 하고 집에 가는 길에 보이는 경찰서를 보며 그녀는 마음을 다잡고 또 다잡았다.

경찰임용고시를 합격하던 그날, 방문 걸어 잠그고 평생 쌓아온 눈물을 다 쏟아내던 자신의 모습을 떠올려 보니 큰 스트레스를 받았을 고등학생들과 대학생들의 마음이 조금은 이해가 가기도 했다.

'그때 내가 만약 적절하게 마이디를 섭취했다면 한결 가벼워진 마음으로 공부를 해 나갔으려나, 아니 오히려 꿈에 의지한 채 더 해이해졌을 수도 있겠다. 마이디 덕분에 별 생각을 다 해보네, 생각해 보니까 나 참 열심히 살았다.'

과거의 자신에 대해 다시 한 번 돌이켜보며 다빈은 오랜만에 편한 마음으로 잠들었다.

벌써 꽤 많은 시간이 흘렀다. 누구나 살면서 한 번쯤은 겪어봤을 스트레스, 자신이 현재 마이디를 섭취하고 있는 이들과 비슷한 상황에 처해 있다고 느꼈을 때 그제서야 이들이 왜 이 약을 먹게 되었는지 조금이나마 이해할 수 있다. 사람들의 피해의식이라고나 할까, 현재 자신에게 닥친 이 불행함을 잠시라도 피해가기 위해 일시적으로 마이디를 섭취하게 되는 것이다. 다만 처음엔 이것이 자신에게 어떤 피해로 되돌아오게 될지 의심조차 하지 않은 상태에서 이를 실현한다는 것이 문제인 것이다.

오늘은 과연 마이디의 어떤 실체가 밝혀지게 될지 궁금했다. 어제 방영되었던 마이디에 대한 뉴스가 꽤 화제가 되었던 탓일까. 홈쇼핑에서 불티나게 팔려 몇 분 만에 매진되었던 마이디의 판매 속도가 예전보단 확실히 뜸해졌다.

"뉴스의 효과가 조금 있는 걸까요, 확실히 매진되는 속도가 느려진 것 같아요, 어제까지만 해도 약 30분이면 매진이었는데, 오늘은 55분 정도 걸리네요."

해영이 말했다.

"그걸 또 계산하고 있었어요. 쟤 범상치가 않아."

슬기가 신기하다는 듯 다빈에게 말했다.

판매 속도가 줄어들면 뭐하나, 여전히 이 약은 꾸준히 완판되고 있는데. 무용지물이었다. 자신을 통제하며 적절하게 마이디를 섭취하는 사람들에겐 이 약이 전혀 문제가 될게 없으니 상관이 없다, 아니 오히려 그들의 일상생활에 활기가 찾아오겠지. 그래도 어제 뉴스의 영향을 받은 건지, 판매 화면에 '권장 사용량을 지키지 않은 과도한 섭취는 독이 될 수 있습니다.' 라는 문구를 살짝살짝 띄워주기 시작했다.

"회의 들어갈게요, 모두 회의실로."

팀장님의 목소리가 들리자 모두들 자리에서 일어나 하나둘 회의실로 이동하기 시작했다. 마이디 관련 두 번째 공식 회의가 열리는 날이었다.

"마이디의 지속적인 판매로 인해 피해자들이 속출하고 있을 뿐만 아니라 정신과 의료진들과 심리치료사들의 시위도 계속해서 일어나고 있어. 피해자들의 입장에 초점을 두는 것도 좋지만 이분들에 대해서도 생각해 봐야한다고 봐."

우리 팀을 책임지고 지켜 나가느라 티를 안냈지만 수척해 보이는 팀장님이 우릴 둘러보며 회의의 시작을 알렸다. 남자 형사들이 어제 시위로 인한 교통체증을 정리하느라 꽤 힘들었던 것 같던데. 지금까진 국민들의 안전을 지키는 일에 초점을 맞췄다면 이제부턴 국민들의 재산을 지키는 일에 초점을 맞출 차례다.

"오늘 교통정리 담당은 슬기랑 다빈이니까 나가서 잘하고 와. 결코 쉬운 일은 아닐 거야."

팀장님이 조금은 걱정스런 어투로 말했다. 사실 다빈도 조금 긴장했다. 교통 정리는 많이 해봤지만 오늘은 조금 달랐기 때문에, 옆에 있는 슬기도 마찬가지였다.

"우리 나간 김에 시위하시는 분들 중에 한 분한테 여쭤 보기라도 해요."

슬기가 말했다. 다빈도 대충 동의한 뒤, 유니폼을 갖춰 입고 나갈 준비를 시작했다.

분명 물어보고 오자고 다짐을 하며 나갔는데, 이게 뭐람. 예상보다 심각한 교통체증에 둘 다 할 말을 잃었다. 분명 자신들은 그 쪽이 아니라며 운전자들을 향해 신호를 보내는데 이는 들은 체 만 체 각자 제 갈 길을 가는 듯 보였다. '나 지금 누구랑 말하고 있는 건지.' 진짜 대혼란 그 자체였다. 뜨거운 햇살 밑에서 말 안 듣는 사람들을 붙잡고 이를 막고 있으려니 불쾌지수가 확 올라갔다. 오른쪽에서 밀려오는 시위대에는 신경조차 쓰지 못한 채 잘한 건지 못한 건지도 모르는 업무가 드디어 끝이 났다.

"가을인데, 왜 이렇게 여름 같을까요? 이런 날에 땀범벅이라니."

슬기가 짜증난다는 어투로 말했다. 다들 예민해진 듯하다. 다빈은 시위대가 이해가 되지 않았다. 요즈음 이런 일을 방지하기 위해 온라인으로 청와대 국민청원을 할 수 있게 만들어져 있지 않은가. 대체 그런 방법들을 두고 길거리에서 낮엔 꽤 더운 날씨에 한두

명도 아니고 많은 수의 사람들이 시위를 벌이고 있는 것일까. 시위대와는 단 한마디도 나누지 못했다. 그들은 모여서 마이디의 판매를 즉각 중단하라는 내용과 자신들의 일자리를 마이디가 앗아갔다는 말로 이루어진 팻말을 들고 있었다. 하긴, 다 맞는 말이었다. 틀린 말로 이루어진 건 없었다. 만약 다빈도 저 상황에 처했더라면 저들처럼 행동했을 같긴 하다. '내일 이걸 또 나가야 한다니…' 다빈은 잠시 동안 아프지 않았던 머리가 지끈지끈 아파왔다.

"우리 이거 한 번밖에 안 했는데 벌써부터 진절머리가 나네요."

슬기가 한숨을 쉬며 말했다. 시위를 하는 사람들의 목소리와 자동차들의 시끄러운 경적소리 때문에 노이로제에 걸릴 지경이었다. 하루가 길었으면 좋겠다는 생각을 오늘 처음 했다. 그동안 경찰서 안에서 행정업무를 담당하다가 오랜만에 몸을 움직인 다빈은 지친 몸을 이끌고 집으로 가는 방향의 버스에 몸을 옮겼다.

항상 자기 전에 오늘을 돌이켜보거나, 실수한 일은 없었나 생각을 하다가 잠들었던 다빈이었는데 어젯밤엔 씻고 바로 잠들었나 보다. 준비를 끝내고 방 밖으로 나오니 어제 네가 너무 잘 자서 놀랐다며 엄마가 잘 다녀오라고 말씀하셨다. 사실 잔 게 아니라 피곤해서 기절한 것에 가깝다고 말하는 게 나을 것 같다.

"오늘이 오질 않길 바랐는데, 그죠?"

슬기가 벌써부터 힘들다는 표정으로 인사를 건넸다. 그제서야 오늘도 자신이 교통정리 담당임을 깨닫게 된 다빈은 벌써부터 피곤이 몰려오는 듯한 표정으로 답했다.

"쓸데없이 날씨는 쨍쨍하니, 좋아 죽겠네요 아주."

썩 달갑지 않은 인사를 건네고 각자 마이디에 대해 조사하기 시작했다.

'굶진 말고 항상 파이팅!'

다빈은 자신의 자리에 붙어 있는 어머니의 짧은 쪽지를 보곤, 이내 머리를 질끈 묶고 수사를 시작했다. 다빈은 마이디에 의한 피해자가 더는 없는지, 중독자들은 공통적으로 어떤 증상을 가지고 있는지 현재까지 방영된 뉴스 영상을 돌려보며 이를 하나하나 분석해 나갔다. 오늘은 예전보다 업무를 조금 쉬엄쉬엄 해가며 업무를 차근차근 쌓아갔다. 좀 이따가 교통정리를 슬기와 함께 나가야 했기 때문에.

어제와 별반 다를 게 없었다. 햇살은 무식하게도 다빈과 슬기를 향해 쏘아대었고, 운전자들은 사람 말을 왜 이리도 듣지 않는지, 또 자기들 마음대로 막 움직이기 시작했다.

"난장판이네요, 아주. 사람이 쓰러지는 게 이상한 일이 아닐 정도로."

콧잔등에 흘러내린 땀을 대충 닦으며 슬기가 말했다. 거리는 예민해진 운전자들의 연이은 경적소리와 마이디에 대한 자세한 규정을 요구하는 사람들의 목소리로 가득찼다. 어제처럼 자신을 둘러싸고 시끄럽게 울려대는 소리에 다빈은 정말 울고 싶었다. 이래서 아무나 경찰하는 거 아니구나 느낀 것도 한두 번이 아니었다. 그때였

다. 한 할머니께서 다빈과 슬기를 향해 다가와 전단지를 손에 쥐어 준 채 말씀을 하시기 시작했다,

"내 손녀딸이 이상해. 애가 요즘 밥도 잘 못 먹고 골골거리다가 잠도 자면서 더 뒤척이는 것 같고 불현 듯 자면서도 이상한 꿈을 꾸나봐. 하루는 식은땀을 계속 흘리길래 내가 놀래서 일으켜 세우고 애 등을 토닥여줬어. 자기 말로는 요즘 좀 힘들어서 가위 눌린 거라고 말하기는 하는데 이런 일이 한두 번이어야지. 계속 그래서 내가 놀랐던 게 벌써 2주째야. 내가 계속 병원에 가서 진료를 받아보라고 해도 안 가겠다고 안 가겠다고 그렇게 난리를 쳐. 예전엔 공부하겠다고 책상에 붙어있던 의욕도 많이 사라지고 이게 뭔 일인지 모르겠네. 살도 점점 빠지는 것 같더니 3일 전인가 4일 전인가, 그날은 그렇게 살다시피 했던 독서실도 안 가고 자기 방문을 꼭꼭 잠가놓고 나오질 않아서 내가 갔는데 아무리 문을 두드려 봐도 애가 나오질 않는 거야. 이상해서 내가 급하게 방문 열쇠를 들고 문을 열었더니 글쎄 애가 쓰러져 있었어."

숨이 가빠오신 듯 잠시 말을 멈추셨다. 시끄럽던 주변의 소리들이 지금 다빈의 귀에는 전혀 들려오지 않았다, 사방이 적막해진 것만 같았다,

"글쎄 급하게 내가 119를 부르긴 했는데, 병원 의사 양반이 하는 말이, 이 약을 너무 많이 먹어서 그렇대. 우리 손녀가 취업이 잘 안돼서 사실 고생이 굉장히 많았어. 그렇게 열심히 준비하던 공무원 시험도 떨어져 버리고. 우리 집이 남들처럼 잘 사는 편도 아니라서

애가 고생이 되게 많아. 부모라는 사람들은 밤늦게까지 시급도 별로 없는 직장에 다니고 있는지라, 어렸을 때부터 철이 남들보다 일찍 들었는데, 애가 얼마나 힘들었으면 약을 복용할 생각을 했겠냐고."

할머니께선 말씀을 다 하시곤 자기도 모르게 감정이 솟구쳐 올랐는지 흐르는 눈물을 여러 번 훔치셨다.

"우리 애가 이 약을 구입하려고 했을 때 약사가 과다한 복용은 건강에 악영향을 줄 수 있으니 조심하라고 몇 마디만 해줬더라면 이 정도 상황까지는 오지도 않았을 텐데…. 지금도 병원에 있으라고 해서 누워 있긴 하지만 병원비 걱정에 한숨만 푹푹 내쉬고 있는 중이야. 우리 애 좀 도와줬으면 좋겠어. 우리 힘만으로는 이게 해결이 안 될 것 같아서 그래."

슬기의 손목을 붙잡고 간절하게 애원하듯이 말씀하시는 할머니의 눈빛을 보고 있자니 더 이상 가만히 있어서는 안 되겠다는 생각이 들었다.

"실례가 되지 않는다면, 저희가 가서 직접 손녀분과 이야기를 나눠 봐도 될까요?"

제 3자 보단 당사자를 만나 물어 보는게 좋겠다며, 슬기가 제안했다.

"○○병원 A병동에 현재 입원하고 있어요. 혹시 모르니 내가 애한테 따로 연락은 해놓을게."

자신은 시위 현장을 정리하고 가겠다며 할머니께선 연신 우리에게 고맙다는 인사를 하셨다.

"○○병원 A병동으로 가주세요."

교통정리를 마저 끝내고 팀장님께 사건에 대해 보고드린 후 함께 과다복용의 피해자를 직접 찾아가 보기로 결정했다. '갑작스럽게 찾아가도 괜찮으려나' 라는 생각보단 빨리 피해자들을 줄여야겠다는 생각이 훨씬 더 앞섰기 때문에, 병동 끝자락에 위치해 있는 709호로 걸음을 옮겼다. 팀장님은 최소한의 예의라고 음료수를 사들고 가시겠다며 우리더러 먼저 들어가 있으라고 하셨다.

"말씀 할머니한테 들었어요. 대충 제가 왜 이렇게 되어 있는지는 아실 거라고 생각하니까 제가 마이디를 접하게 된 이유가 무엇인지부터 설명을 드리도록 할게요."

노트북을 켠 슬기가 나름 비장하게 고개를 끄덕였다. 다빈은 녹음기를 틀어 본격적인 증거수집을 시작했다.

"처음 들어보는 약이었어요. 마이디라는 약이 무엇인지조차 잘 몰랐어요. 할머니를 통해서 들으셨듯이 전 취업에 목이 마른 인간이라, 세상과 소통을 거의 끊은 채 오직 공부에만 집중하며 살고 있었는데, 합격할 거라고 생각했던 공무원 시험에서 떨어져 버린 거예요. 여느 때보다 심혈을 많이 기울였던 만큼 불합격의 충격이 너무나도 커서, 스트레스에 쌓인 채로 악착같이 독서실에 쳐 박혀서 공부만 하기 시작했어요. 불합격의 충격으로 띵해진 제 옆에 있던 친구로부터 마이디라는 약을 추천 받았어요. 이 약을 먹고 나면 조금이라도 너에게 동기부여랑 힘이 될 것 같다고, 핸드폰 속 마이디의 광고를 보여주면서 저한테 약에 대해 말해주었어요. 약국에서도 흔하게 구입할 수 있다고 해서 전 별 의심 없이 바로 그 약을 복용하기 시작했어요. 어느 순간부터 잠이 오더니 거의 기절하다시피 그렇게 잠을 자는 동안 전 꿈을 꿨어요. 그 약에서 설명한 것처럼. 이게 근데, 한두 번씩 먹을 때마다 비극적인 생각들을 덜어준다는 점 자체는 정말 좋았는데, 먹다보니까 나중엔 조금만 힘들어져도 약을 미친 듯이 먹고 있는 저를 발견할 수 있었어요. 그런 생각을 하고 정신을 차려보니 저는 이미 병원 침대에 누워 있었고 한쪽 팔엔 링거를 꽂고 있었고, 다른 한쪽은 저를 걱정스럽게 바라보는 할머니의 손에 쥐어져 있었어요. 너무 충격적이었어요. 제가 이 약을 먹지만 않았더라면 할머니가 지금처럼 힘들게 시워하시는 일만큼은 일어나지 않았을 텐데."

아직 어린 20대 청춘이었다, 이 아이는 죄가 없다, 단지 아무것도 모르는 이 소녀가 약을 구입할 때 주의사항에 대해서 제대로 설명해주지 않은 판매자들의 잘못이 더 컸다고 하는 게 맞다. 이 소녀는 일부다. 점점 마이디 과다복용의 피해자들이 늘어나고 있고 그 중 한 명인 이 아이는 죄책감을 느끼며 자신의 죄가 아닌데도 오히려 자신을 탓하며 고통스러워하고 있었다.

우리가 찾아가서 알아보지 못한 수많은 피해자들 또한 별반 다를 게 없을 것이라고 생각했다. 의무적으로 마이디에 대한 경고 문구를 사전에 미리 알려야 함을 절실히 느꼈다.

"사실 이 정도일 줄은 몰랐어요. 그냥 조금 힘들 줄만 알았지."

슬기는 할머니의 손녀딸과 이야기를 마치고 경찰서로 돌아가는 길에 자신이 적어 놓은 노트북 파일을 다시 한 번 점검해 보며 걱정스럽게 말했다,

"얼른 제가 이 내용을 다시 조사해서 팀장님께 제출할게요."

팀장님은 빠르면 일주일 뒤, 늦으면 2주 정도가 지나고 나면 본격적으로 마이디의 위험을 사전적으로 알리게 될 것이라고 말씀하셨다.

일주일 하고도 이틀의 시간이 지나갔다. 다빈이 근무하고 있는 경찰서엔 사건을 해결하고 난 후 조금은 여유 있어진 형사들과, 평소와 다름없이 자신의 업무에 열중하고 있는 다빈을 볼 수 있었다. 시끄럽게 계속해서 경찰서로 향해 걸려오는 수많은 전화들에 슬기는 일일이 대응하기 바빴다. 여느 때와 다름없이, 지극히 평범했다. 그렇게 각자의 일을 하고 있던 형사들에게, 팀장이 다가와 그들의 자리에 신문을 올려두고 갔다.

신문엔 '마이디'라는 약의 광고가 화려한 색상과 함께 실려져 있었다.

"당신이 정말 원하는 일이 일어나지 않을 때가 있나요? 자신의 전지적 환상 시점에서 원하는 상황을 보여드릴 수 있는 마이디를 복용해보세요!"

다빈의 눈길은 아래로 향했다.

「노약자나 심히 어린 아이들은 보호자의 동의 하에 구입 및 복용이 가능하며, 과다복용은 건강에 매우 해가 될 수 있으니 주의하십시오. 이 약은 약국에서 약사와의 충분한 상담 후 복용이 가능합니다.」

다빈을 비롯한 경찰서의 모든 형사들이 그제서야 웃음을 지으며 서로를 바라보았다.

화창한 햇살이 경찰서의 창문 사이로 내리쬐듯 다가왔다.

회 - 상 - 몽

Part Ⅱ

서혜린

진실은 힘이 약하다

오늘도 어김없이 사수 선배 눈을 피해서 휴대폰을 하고 있었다. 볼 것도 다 봤으니 인기 글이나 한번 봐야겠다 싶어 커뮤니티에 들어갔다. 11시 인기글 1위가 후기 글이라니 무슨 후기기에 그러지?

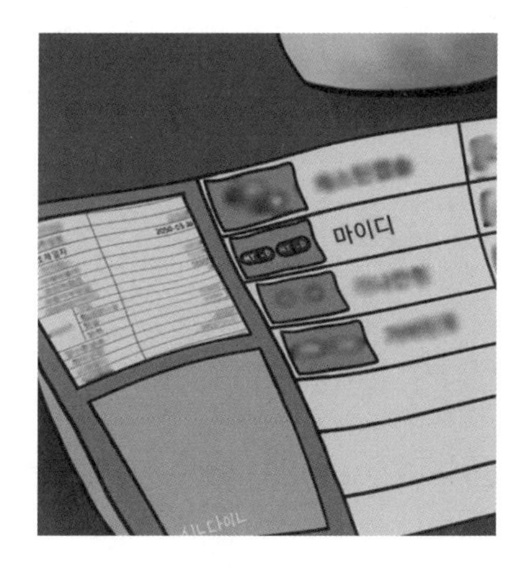

내가 얼마 전부터 계속 야근하고 잠을 못 자다보니까 수면시간이 완전 뒤틀린 거야. 그래서 프로젝트 끝나고 잘 수 있어도 잠을 잘 수가 없어서 며칠은 좀 버텨도 이게 너무 힘든 거야. 그래서 약국에 수면제 좀 처방 받으려고 갔더니 약사분이 새로 나온 약인데 되게 효과가 좋다는 거야. 근데 수면유도제인데 꿈을 뭐 어떻게 한다는 말을 하기에 나는 그냥 수면제 사려고 간 거니까 약사님이 어련히 알아서 잘 주시겠지 하면서 그냥 흘려듣고 약 사서 왔어. 그리고 약 먹으려고 설명서를 봤는데 약을 먹고 내가 꾸고 싶은 꿈을 계속 생각하라고 쓰여 있는 거야.

그래서 이게 뭐지...하면서도 일단 설명서에 따라서 약을 먹어야 되니까 하긴 했거든. 와 진짜 눕자마자 안 그래도 피곤하긴 해서 잠이 금방 들었어. 더 신기했던 건 내가 생각했던 꿈을 진짜 꿨어!! 자고 일어나서 시간 지나니까 기억 안 나기는 했는데ㅠㅠ 아무튼 좋긴 좋았어!! 너희도 혹시 살 생각 있으면 사라고 영수증이랑 약 정보 첨부해 놓을게! 약 이름은 마이디야! 문제시에는… 나도 몰라~^_^

익명4805

익친아 고마워ㅠㅠ 나 요새 계속 힘들어서 진짜 병원 갈까 했는데 정보 고마워

ㅠ!!

익명3269

오 그런 것도 있어?! 나 악몽 계속 꿔서 힘들었는데 한번 사봐야겠다!

ㄴ 익명6702

22 나도 왜 그런지는 모르겠는데 계속 악몽 꿔서 힘들었음...

ㄴ 익명1004

근데 그런 용도로 써도 되는 거야??

ㄴ 익명9312(글쓴이)

내가 한 통 더 사러가서 물어보니까 우울증 걸리신 분들도 이거 많이 구입한다고 하셨어! 부작용도 별로 없어서 조절만 조금 잘하면 되는 거 같음.

이런 약이 있다고? 처음 들어보는 약이었다. 최근에 출시한 약인가 보네. 꿈을 조절하는 기능이라니… 그런 기능이 있으면 정말 불티나게 팔릴 것 같았다. 나중에 나도 한번 복용해 보고 싶다는 생각을 하며 휴대폰을 뒤집었다. 쓰다 만 기사 초고를 쓰면서도 계속 약 생각이 났다. 약 생각을 그만하려고 애쓰며 마저 초고를 썼다. 그때 지영 선배가 들어오셔서 네모난 약통을 흔들어 보이셨다.

"선배님, 그게 뭐예요?"

"이거? 내 동생이 불면증 시달리다가 되게 좋은 약 찾았다기에 나도 먹으려고!"

"아, 선배님도 불면증 있으셨지…. 그래도 약 많이 드시면 안 좋을텐데 나아지고는 있어요?"

"음. 아니 잘 모르겠어. 근데 이번 약은 수면제는 아니긴 한데 꿈을 조절하는 기능이 있다기에 혹해서 두 통 샀지! 꿈꾸려고 하다 보면 잠이 더 잘 올 수도 있으니까."

"두 통이나요? 엇, 잠시만요…! 저 이거 아까 후기 봤는데 되게 좋다고 하더라고요!"

"응 맞아. 지은이도 그러더라. 아, 나 때문에 일 못했겠다. 가서 마저해. 미안~"

"아니에요! 점심시간에 봬요!"

요즘 저 약이 되게 잘 팔리는구나 생각했다. 그런데 꿈을 조절한다는 기능에 대해 내가 너무 안일하게 생각한 걸까? 한 달 뒤에 지영 선배에게 전화가 왔다. 통화 내용은 이러했다. 약을 복용했던 선배 동생이 며칠간 잠만 자더니 어제 그 약을 10개나 먹으려 하던 걸 발견했다는 거였다. 그러면서 혹시 나도 약을 샀는지 묻기에 필요가 없어서 사진 않았다고 하자 다행이라며 약에 대해 들었던 선배 주변인들이 비슷한 증세를 보였다는 거였다. 뭔가 낌새가 이상한 것 같아 SNS에서 약에 대해 알아보니 강도는 달랐지만 대체로 마이디에 중독된 증세가 나타나는 사람들이 많았다. 효과 좋은 약이라고 입소문이 났던지라 구하기는 쉬웠다. 하지만 성분이나 부작용 등 아무리 살펴봐도 일반 약과 다름없었다.

도대체 어떤 부분에서 사람들이 저런 증세를 보이는지 알 수가 없어 인터넷을 뒤져봤지만 아직 약을 산 지 얼마 되지 않은 사람들의 후기뿐이라 찾기 어려웠다.

심지어 며칠 뒤에는 마이디를 복용하던 김모 군이 자살했다는 속보까지 들려왔다. 과연 이 약은 어떤 작용을 하기에 사람들이 중독되어 헤어 나오지 못하는 걸까? 약이 꿈을 조절한다고는 하지만 무언가 다른 기능이 더 있기에 사람들이 중독되고, 남용을 하게 되는 것이 아닐까? 단순한 약에서 이렇게 중독 증세가 일어나는 것은 일반적인 일이 아니다.

아무래도 무슨 일인지 자세하게 알아봐야 할 것 같다는 느낌이 들어 사수인 민석 선배에게 도움을 청했다. 선배도 그 약이 뭔가 낌새가 이상했다며 맞장구를 쳤다. 맞장구를 치던 선배는 약의 성분이 이상할 가능성이 제일 크지 않냐며 이야기를 꺼냈다.

"아무래도 성분에 대해 알아봐야 할 것 같은데 마땅한 인맥이 없는 게 큰일이네."

"저도 아직 일 시작한지 얼마 안 돼서 잘 모르겠어요. 혹시 주변에 알 법한 사람도 없으세요?"

"글쎄… 지영이 오면 한 번 물어볼까? 걔는 혹시 알지도 모르니까."

때마침 지영 선배가 나타났다.

"무슨 얘기를 하기에 내 얘기가 나와?"

"선배, 저희가 이거 약 성분 분석 좀 해야 될 것 같은데 혹시 도움 주실 만한 분 아세요?"

"그거 내가 말한 약 맞지? 나도 그 약 너무 찜찜하더라! 잠시만 내 주변에 누가 있을까… 맞아, 내 친구 중에 약대 나온 애가 있는데 얼마 전에 제약회사 쪽 들어간다고 했던 것 같거든? 회사 어딘지 한 번 물어볼게.”

“정말요? 진짜 감사해요!”

“음… 그런데 된다고 장담은 못하겠다. 안 된다고 하면 나중에 약 가져가서 성분 이상한 거 없는지 보기만이라도 해 달라고 하지 뭐.”

“그렇게까지는 안 해주셔도 괜찮아요. 안 된다고 하면 민석 선배랑 제가 좀 더 알아보면 돼요.”

“아냐, 나도 지은이 때문에 내가 돈 들여서라도 어디 의뢰할까 했었거든. 이래저래 나한테는 손해 볼 것도 없어.”

“그럼 부탁드릴게요!”

“이번만 좀 부탁할게.”

“네! 친구한테 물어보고 선배한테 말씀 드릴게요. 한영아 괜찮지?”

“당연히 괜찮죠. 연락 주세요.”

“그래~ 열심히 해! 선배도 힘내세요!”

며칠 뒤 지영 선배에게서 답이 도착했다. 아무래도 사적인 일을 회사 내에서 하기에는 어려울 것 같아 자세하게 성분 분석을 해줄 수는 없지만 대강 알아봐 주겠다는 것이었다. 다행이었던 부분은 지영 선배의 친구 분이 다니는 회사가 마이디를 만든 두드림이 아니었다는 거였다. 두드림의 직원이었다면 입장이 곤란해졌을 것에 틀림없었다.

민석 선배와 더 자세한 성분 분석을 위해 다른 곳도 수소문 해보기로 한 뒤 약을 복용한 사람들을 찾아다니기 시작했다. 가까운 주변인들은 제외하고 접점이 없는 사람들 위주로 알아보았다. 약을 복용하는 사람을 찾기가 어려울 뿐더러 찾는다 해도 협조를 받기가 힘들었다. 중독 증세가 나타나는 사람들 중 자신이 약에 중독되었다는 것을 자각조차 하지 못하는 일부도 존재했다. 그들은 자신이 그저 필요한 정도에 따라 잘 복용하고 있다고 생각하기도 했다. 약의 오용과 남용은 빈번하게 일어나고 있었지만 알지 못하거나, 알지만 입을 다물고 있는 사람들이 대다수였고, 약을 적절하게 복용하는 사람들은 극소수인 것으로 보였다.

한때 인터넷의 뜨거운 감자였던 마이디는 잠잠해진 것처럼 보였지만 사실상 SNS상의 언급이 줄었을 뿐 복용하는 사람들은 점점 늘어나고 있었다. 그럼에도 불구하고 아무도 우릴 돕는 사람이 없었던 것은 그러한 사람이 자신뿐이라는 생각을 가졌기 때문일지도 모른다. 만약 누군가가 계속 수면 위로 파동을 일으킨다면 그에 동요하는 사람이 늘 거라고 생각되었다. 그 누군가는 나와 민석 선배가 자처하면 될 일이었다.

일주일 후 지영 선배가 급하게 사무실로 뛰어왔다. 선배의 표정을 봐서는 무슨 말을 할지 잘 예측이 되지 않았다. 어딘가 찜찜하기도 하고 알쏭달쏭한 표정을 짓고 있어 나와 민석 선배는 지영 선배의 말을 기다릴 뿐이었다. 우릴 가만 바라보던 지영 선배가 한 말은 우리의 가설들을 깨부수기에 충분했다.

"그러니까 성분에는 이상이 없다고?"

"네. 제가 여러 번 물어봤는데 심각한 중독 증세를 일으킬 정도의 성분은 없대요. 정말 일반적인 약들의 부작용이 나타나야 정상이라고 하더라고요…."

"그렇다고 해도 지금 복용하고 중독 증세를 보이는 사람들이 다 정상이 아닌 것도 아니잖아."

"저도 제 생각에서 완전히 빗나가서 얼마나 어이가 없었는데요. 일단 친구 말로는 그럴 성분으로 보이는 건 없대요."

"아 그럼 이제 어쩌지? 한영아, 무슨 생각 없어?"

"저도 잘……. 지영 선배 친구 분이 거짓말할 리도 없는데 도대체 어느 부분에서 약이 이상하다는 걸 밝혀내야 할지 감도 안 잡혀요."

"나도 그래. 우리가 쉽게 생각한 것 같아. 아무튼 지영아 도와줘서 고맙다."

"아니에요! 또 도움 필요하시면 언제든지 말해 주세요. 저는 가볼게요. 잘 풀어낼 수 있을 거예요. 기운내세요!"

폭풍이 휘몰아치고 떠난 자리 같았다. 선배도 나도 쉽사리 말을 꺼내지 않았다. 그때 한 가지 생각이 들었다.

'이렇게 된 이상 약을 복용한 사람이 아니어도 제약회사에 직접 대면 인터뷰를 하면 안 되는 걸까?'

처음에는 민석 선배도 제약회사가 인터뷰에 응하지 않을 것 같다며 꽤나 고심했지만 지금 맞부딪쳐서 손해 볼 것은 없었기에 결국 선배도 내 의견을 받아들였다.

생각지 못한 곳에서 난관이 생기니 그 뒤로도 일이 잘 풀리지 않는 기분이었다. 두드림이 그리 유명한 제약회사가 아니다보니 관계자를 통해 연락하고, 그 후 이사든 누가 되었든 높은 직급의 사람에게 접촉하려던 계획이 점점 늦추어졌다. 하루라도 빠르게 일을 진행해야 더 많은 피해자들을 막을 수 있을 텐데, 좁은 인맥을 가진 것이 이렇게 원망스러울 수가 없었다.

기사를 수정하기 위해 찾아가기만 했던 팀장님께 이런 일로 찾아가게 될 줄은 생각지도 못했다. 팀장님도 찾아온 나를 보고 의외였는지 잠시 의아한 표정을 지었다. 팀장실로 들어가 자초지종을 설명하자 팀장님께서도 고민하시는 눈치였다. 정말 확실하냐고 여러 차례 되물어 보시고는 팀장님께서 어떻게 해서든지 관계자와 접촉해 보겠다고 하셨다. 물론 그 후로 팀장님은 도움을 주시지 않고 나와 민석 선배가 알아서 해보라고 하시긴 하셨지만 어쨌든 앞에 놓여 있던 커다란 장벽 하나가 치워진 듯한 기분이었다.

다음날 아침 일어나보니 민석 선배에게 여러 통의 부재중 전화가 걸려와 있었다. 그리고 남겨진 문자에는 일어나면 바로 연락을 해 달라는 내용이 있었다. 내가 일어난 시간이 8시 정도인데 도대체 얼마나 급한 일이기에 6시부터 저렇게 전화를 했을까 싶었다. 신호음이 3번 정도 간 후에 전화를 받은 선배는 '왜 이렇게 전화를 받지 않았냐' 며 언성을 높였다. 괜스레 미안해져 사과를 하고 무슨 일로 전화를 한 건지 물었다.

"그래서 무슨 일로 이렇게 전화를 많이 하셨어요?"

"놀라지 말고 들어. 팀장님한테 어제 새벽에 연락이 왔어."

"네? 정말요? 벌써 관계자랑 연락이 됐어요?"

"아니, 꼭 확정은 아닌데 이틀 내로 연락될 것 같다고 하셨어. 그래서 우리 질문할 거 좀 정리하고 해야 할 것 같아. 된다고 할 때 바로 가서 인터뷰 하고 오는 게 더 좋으니까."

"그건 맞아요. 그러면 지금 빨리 준비해서 회사로 출근할게요."

"혹시 자료정리 해 둔 파일 너한테 있어?"

"아니요. 그저께 제가 퇴근하면서 선배한테 책상 위에 USB 두고 간다고 말씀드렸는데요! 혹시 못 들으셨어요?"

"그랬어? 없기에 너한테 있는 줄 알았는데 나한테 있었구나. 내가 책상 위에 한 번 더 찾아볼게."

"네. 이미 출근하셨구나…! 저도 빨리 갈게요!"

"그래. 내가 자료 보고 질문 몇 개 뽑아놓고 있을게."

부랴부랴 준비해서 출근하자 사무실에서 민석 선배가 홀로 날 맞이했다. 회사로 오면서도 줄어들긴 했지만 여전히 올라오고 있는 후기들이나 두드림에서 더 만든 약이 없는지 알아보면서 왔던지라 추가할 자료들을 정리해 파일을 선배에게 보냈다.

자료를 정리하던 차에 팀장님의 연락을 받고 우리는 놀랄 수밖에 없었다. 두드림에서 기자회견을 연다는 것이었다. 선배는 외근이 하나 잡혀 있었기에 내가 갈 수밖에 없는 상황이었다. 혼자 기자회견을 간 경험은 별로 없어 무척이나 긴장되었지만 카메라와 녹음기를 챙겨 K홀로 서둘러 출발했다.

도착한 K홀에는 최근 마이디에 대한 논란으로 관심을 가진 기자들이 굉장히 많았기에 이미 북적북적했다. 겨우 발 디딜 틈이 있을 정도였으니 말이다. 기자회견을 약속한 시간이 10분 정도 지나고 드디어 등장했다. 나는 잘 몰랐지만 다른 기자들이 웅성거리는 것을 들어보니 제약회사의 사장이 아니라 회사의 대주주이거나 투자자라고 하는 것 같았다. 그런데 왜 기자회견을 대신 하는 건지 의문이 들었다.

"기자회견 시작하겠습니다."

비서로 보이는 남자가 말을 하자 기자들은 득달같이 달려들어 질문을 시작했다.

"쎈일보 홍성익 기자입니다. 마이디로 인한 부작용에 대해 어떻게 생각하십니까?"

"자이일보 신민혜 기자입니다. 약의 성분으로 인해 중독 증세가 일어나는 겁니까? 성분에는 이상이 없는 것이 맞습니까?"

"매삼일보 정수미 기자입니다. 마이디의 유통과정이 잘못된 것은 아닙니까?"

이외에도 많은 질문을 받았지만 기자회견장에서 단 하나의 질문도 대답이 돌아온 것은 없었다. 모두 메아리처럼 울려 퍼질 뿐이었다. 나라고 질문을 하지 않은 것은 아니었지만 모든 질문들은 무시되었고 그저 손톱의 네일아트만 들여다보다 회견 시간이 끝나자

나가버렸다.

"기자회견이 종료되었습니다. 기자님들은 모두 돌아가 주시기 바랍니다."

"이게 말이 됩니까? 질문 중 단 하나도 대답을 받은 게 없는데 끝이라니요!"

"대표님 가시죠. 밖에 차 대기시켰습니다."

아무 소득도 없이 회견장을 빠져나온 후 회사로 찾아가야겠다고 다짐하며 차를 타고 곧바로 뒤를 쫓았다. 대로를 통과하며 민석 선배에게 전화를 걸어 정황을 모두 설명했다. 그 후 회사로 찾아가 만나보겠다고 말을 전한 뒤 속도를 더 냈다. 터널을 하나 더 지나 도착한 회사는 한참 올려다보아야 꼭대기가 보일 만큼의 높은 빌딩이었다. 크게 심호흡을 하고 빌딩 문을 밀었지만 열리지 않았다. 당기고 밀고 온갖 수단을 사용해봤지만 문은 열리지 않았다. 분명 이 건물 주차장으로 차가 들어가는 것을 목격했는데 내 눈이 잘못됐나 생각하며 내일 다시 찾아오기로 마음먹었다.

"선배, 오늘 찾아간 건 완전 헛수고였어요. 문이 닫혀 있더라고요."

"나도 당연히 회사로 돌아갔을 줄 알았는데… 어쩔 수 없지. 내일 다시 가려고?"

"네! 당연하죠. 저는 개인 인터뷰 받아줄 때까지 찾아갈 거예요."

"그래 알겠어. 회사로 돌아올 거야?"

"잘 모르겠어요. 시간이 애매해서 저녁 먹고 들어가 봤자 아무것도 못할 것 같아서 집으로 갈까 생각 중이에요."

"굳이 올 필요 없어. 어차피 집에 자료 있지? 오늘은 그냥 집으로 바로 가서 내일 일찍 회사 찾아가."

"네! 들어가세요."

"그래 내일 보자."

인터뷰를 따낸 것보다 야근이 없다는 게 왜 더 신나는 건지 이유는 잘 모르겠지만 너무 좋았다. 저녁을 먹고 내일 질문할 것들을 한 번 더 검토했다. 선배가 보내준 질문거리들도 꼼꼼히 살핀 뒤 겹치지 않는 질문들도 모아 추가했다.

다음날 일찍 일어나 준비를 시작했다. 옷도 단정하게 입고, 어제 챙겼던 녹음기와 카메라의 배터리도 다시 확인했다. '아무리 늦게 출근을 하더라도 이젠 회사겠지?' 라고 생각하며 차를 몰았다. 주차를 마치고 드디어 열려있는 문으로 들어갔다. 데스크에서 휴대폰을 하고 있던 직원에게 물어봐야겠다 싶어 어제 기자회견 다녀오신 분을 뵙고 싶다고 명함을 보여주며 말했다. 조금 의심하는 눈초리로 나를 보던 직원은 비서에게 연결해 줄 테니 부탁해 보라고 말했다. 5분 정도 기다리자 비서가 내려왔다.

"지금 대표님이 안 계시니 제가 전해드리겠습니다."

"번호로 꼭 연락해주세요."

"네."

아, 맞다. 주차권 받아야하는데. 돌아가려다가 생각난 주차권에 다시 뒤를 돌았다. 그때 나는 비서가 명함을 보더니 데스크 옆 쓰레기통에 던져 넣고 가는 걸 보았다. 정말 열불이 뻗쳤지만 지금 내가 욱한다면 될 일도 안 되겠다는 생각에 참고 말았다. 차라리 회사 앞에서 기다리다가 직접 만나 부탁하는 게 나을 것 같았다.

차를 인근 무료 주차장으로 옮겨 주차하고 회사 정문이 보이는 카페 창가 자리에서 기다리기로 했다. 노트북으로 약에 대해 새로 올라온 것이 있나 알아보려다 혹시 그 사이에 지나가 버릴지 모른다는 걱정 때문에 아메리카노를 마시며 창문만 바라봤다. 간혹 지나가는 사람들과 눈이 마주치면 급히 눈을 피하기도 했지만 계속 쳐다볼 수밖에 없었다. 어느덧 음료를 다 마시고 거의 녹아가는 얼음들을 하나씩 입안으로 밀어 넣던 찰나에 어딘가 익숙한 인영이 보였다.

얼굴은 자세히 보지 못했지만 분명 그 대표라고 생각해 컵을 헐레벌떡 정리하고 뒤쫓아 갔다. 초중고 내내 계주 선수를 했던 보람이 있는 건지 금세 따라잡아 붙잡았고 숨을 고른 뒤 인사를 건넸다.

"안녕하세요! 저… 양지일보 유한영 기자입니다!"

"……"

"어제 기자회견에서 질문에 대한 답을 하나도 듣지 못해서 꼭 인터뷰를 하고 싶어 찾아왔습니다!"

"그건 어제로 끝난 거 아닌가요? 기자들과 대화 나눌 시간 없습니다."

"하지만 제가 답을 들어야만 하는 일이라…!"

"정말 말 안 통하네. 신 비서, 끌어내."

"네?? 잠시만요! 이거 놓으세요! 대표님 질문 하나라도! 대표님!"

경호원들에게 끌려 나가는 건 내 예상 시나리오에 없던 일이었다. 어제는 보지 못했던 것 같은 경호원들이 족히 열 명은 있었던 것 같다. 끌려 나오고 나니 더 오기가 생겨 꼭 인터뷰를 하고 말겠다는 마음을 먹었다. 게다가 경호원을 동원해서 다니는 걸 보니 더욱 수상해 보였다. 무언가 켕기는 게 있으니 저 정도로 경호를 받으며 다니는 게 아닐까? 일단 회사로 돌아가 선배와 말해 봐야겠다고 생각했다.

"선배, 저 인터뷰는 무슨… 경호원들한테 끌려나왔어요…."

"끌려 나오다니? 왜?"

"인터뷰는 어제 기자회견으로 끝난 거라나 뭐라나. 아무튼 이젠 안 한다고 그러더라고요. 엄청 강경해요."

"경호원까지 같이 다닐 줄은 몰랐는데… 그러니까 더 수상하다."

"그렇죠? 저도 그렇게 생각했어요. 무슨 큰 공격이라도 받을 사람처럼 경호원이 10명은 있는 것 같았어요!"

"그러면 계속 시도할 생각이야?"

"당연하죠! 열 번 찍어 안 넘어가는 나무 없다는데 최소한 열 번은 시도해 보려고요!"

저 말은 빈말이 아니라 정말 내가 회사로 오는 동안 다짐한 거였다. 최소한 열 번은 시도하고 포기하자! 아무리 그래도 귀찮아서 한 번은 만나주지 않을까 생각했다. 이틀째 챙겨 다니고 있는 녹음기와 카메라는 아무 쓸모도 없이 배터리만 증발하며 짐만 되고 있었다. 더 이상은 시간을 지체할 수 없었다. 조금 전 인터넷을 보니 마이디의 판매량이 근 한 달 동안 모든 의약품 중 1위를 차지했다는 것이었다. 불미스러운 사건들로 약을 의심하며 복용을 하지 않는 사람들도 많겠지만 분명한 것은 복용자가 증가하고 있거나, 남용하는 사람이 더 많아졌거나. 둘 중 하나였다.

각종 커뮤니티들에서 마이디를 추천하는 글도 끊임없이 올라왔다. 약의 위험성이 알려져야 할 시기를 놓치면 약에 중독되어 알아도 계속 복용하는 사람들이 적지 않을 것이 분명했다.

다음날 비장한 마음으로 어제와 같이 짐을 챙겨 나섰다. 회사 앞에 도착하자 마침 출근 중이었던 건지 정문으로 들어가는 모습을 보았다. 불법주차는 생각도 않고 오직 인터뷰만 생각하며 길가에 급히 주차한 뒤 뛰어갔다. 앞질러 뛰어간 후 막아서서 인터뷰를 해달라고 부탁했다.

"안녕하세요! 양지일보 유한영 기자입니다! 죄송하지만 인터뷰 다시 부탁드리러 왔습니다! 제발 한 번만 해주시면 안 될까요?"

"어제 얘기 끝난 걸로 아는데요. 비켜 주시겠어요?"

"인터뷰하시겠다고 약속해 주시면 비켜 드리겠습니다! 오늘 안 해주셔도 저는 매일매일 찾아올 거예요!"

"아… 진짜 귀찮게 하네. 올라가죠."

"네, 네!!"

다행히도 귀찮은 것을 정말 싫어하는 모양인지 매일 찾아오겠다는 내 다짐을 말하자마자 표정이 굳으며 바로 올라가자는 말을 했다. 그 말을 듣고 뒤에서 혼자 속으로 환호성을 지르며 좋아하고 있었다.

"인터뷰하겠다면서요? 시간 뺏지 말고 빨리 오세요."

"아닙니다! 지금 가요!"

임원전용 승강기에 올라타 뒤편 통유리로 이것저것 구경하면서 올라오다보니 금세 도착했다. 어제 명함을 버렸던 비서를 마주치자 한 번 노려보고 들어갔다.

"앉으시죠. 커피랑 차 있는데 어떤 거 드릴까요?"

"아… 저는 그냥 물 한 잔이면 됩니다!"

"신 비서, 여기 물 한 잔 가져와."

"네."

"질문하세요."

"아, 네! 녹음기 켜고 시작하겠습니다! 첫 번째 질문입니다. 지금 일어나는 약과 관련된 일들은 마이디 제조에 사용되는 성분들로 인해 일어나는 문제입니까?"

"성분으로 인한 부작용은 아닙니다. 피해자분의 남용으로 인해 발생한 일입니다. 약을 과다 복용했을 때 발생하는 일이므로 적당량을 복용한다면 인체에 해롭지 않습니다."

"네, 알겠습니다. 두 번째 질문입니다. 최근 약의 부작용에 대한 논란이 있는데 그것은 어떻게 생각하십니까?"

"다시 한 번 말씀드리지만 저희는 약 포장박스에 1일 권장량과 섭취방법을 모두 표기했고, 부작용이 아니라 피해자분의 남용으로 발생한 일이므로 저희 쪽 책임은 없다고 봅니다."

"네. 세 번째 질문 드리겠습니다. 그렇다면 초기 약을 만든 목적에서 변질되어 현재 사람들의 복용하는 목적이 초기 목적과 달라 그렇다고 생각하십니까?"

"저희가 이 약을 개발한 이유는 힘들고 지친 현재의 삶을 대신하여 꿈속에서 자신이 원하는 꿈을 꿀 수 있도록 도와주는 목적으로 만들게 되었습니다."

"제 질문에 대한 답은요? 아직 부족한데요…"

"이만 일어나겠습니다. 이걸로 인터뷰는 끝인 겁니다. 더 이상 찾아오지 마세요."

"네? 대표님! 답이라도 마저…"

"신 비서, 차 대기시켜 놓은 거지?"

"네. 대표님 가시죠."

눈 깜짝할 새에 가버린 대표와 비서를 뒤쫓아 가기는 어려웠다. 어쨌든 인터뷰를 했으니까 다행이라고 생각해야 할지 아니면 제대로 답변 받지 못해 이도저도 아닌 건지 알 수 없었다. 고작 2개 반 정도의 답변으로 뭘 할 수 있을지는 잘 모르겠지만 일단 옮겨 적어 선배에게 메일을 보냈다. 메일을 받은 선배도 조금 어이없었는지 곧장 나에게 전화를 걸어왔다.

"한영아 이거 뭐야? 왜 질문한 게 이것밖에 없고 심지어 답은 또 제대로 못 받았어?"

"아, 그게… 저도 나름대로 노력했는데 답을 이것밖에 안 해 주시더라고요. 그래서 어쩔 수가 없었어요. 게다가 인터뷰는 이제 더 이상 안 하겠대요. 어떻게 해요?"

"그러면 우리가 하게 해야지."

"기자회견 열어봤자 저번처럼 손톱만 들여다보다 갈 것 같은데요…."

"아 맞다, 그랬다고 했지. 그러면 방법이 없을 것 같기도 하고… 지금은 잘 모르겠네."

"일단은 회사로 갈게요!"

"그래."

평소 좋아하는 노래를 틀고서 차를 몰았지만 어이없던 그 기분이 사라진 것 같지 않았다. 아무리 내가 을의 입장이라고 하지만 회사의 체면이 있고 그걸 깎고 싶은 사람은 없을 거라고 생각했는데, 기자회견장에서부터 알아보긴 했지만 정말 이런 태도로 나올 거라고는 예상치 못했다. 이런 식이라면 기사를 쓰기에도 한계가 있었다.

회사에 도착해 컴퓨터 앞에 앉아 멍하니 있었다. 처음에는 약의 성분이 이상할 거라 생각해 성분만 알아내면 쉽게 풀릴 일이라고 생각했지만 점점 꼬이는 것만 같았다. 이 일을 괜히 시작한 건가 하는 회의감도 들었지만 내가 아니라면, 3개의 질문에 대해 2개 반 정도의 답을 유일하게 받은 내가 아니라면 그 회사의 입장을 아는 사람은 아무도 없었기에 꼭 마무리지어야 할 것 같았다.

"선배, 저희 이제 어떻게 해요?"

"모르겠네… 지금 두드림이 사람들한테 이미지가 되게 좋거든, 약 때문에. 우리가 기자회견에서 있었던 일이나… 그런 것들을 말한다고 해서 별로 타격이 갈 것 같지도 않아 보여."

"기사를 써도 지금 사람들이 저희 말을 믿고 약 복용을 줄일지도 문제예요. 이미 중독될 만큼 중독된 사람들도 한가득인 것 같은데… 흡연자들도 담배가 건강에 안 좋다는 거 다 알면서 피우는 거잖아요."

"그러면 지금까지 한 거 그만두자고?"

"아니요! 더 확실한 증거를 잡아야죠. 이미 중독된 사람들은 어쩔 수 없겠지만 아직 복용하지 않았거나, 복용한 지 얼마 안 된 사람들은 막을 수도 있을 것 같아요. 지영 선배도 처음에는 약 먹었는데 동생이 증세 보이고 나서는 아예 안 드시더라고요."

"그래? 그럼 가능성이 있겠다. 일단 사람들 증세는 찾을 만큼 찾은 것 같아. 더 뒤져봐도 다 비슷해."

근데 마이디가 갑자기 이렇게 폭발적인 인기를 얻게 된 것도 의문이었다. 단순히 후기글 때문에? 영향력이 큰 연예인도 아닌 일반인의 글 하나로 많은 인기를 얻는다는 것은 단순히 우연의 일치라고 보기에는 어렵다. 생각해 보면 그렇게 특종을 많이 냈다던 매삼일보의 정수미 기자가 한 질문도 일리가 있는 질문이었다. 그때는 유통과정에서 문제가 있었을 거라고는 생각하지도 못했는데 말이다. 인터넷에서 보면 자신의 의지로 산 것이 아니라 우연하게 약을 산 사람들 대부분이 약사가 권하거나 추천을 해 주었다고 되어 있었다. 약사가 권유하는 약이라면 믿을 수 있고 좋은 약이라는 전제가 되겠지만 한편으로는 그것을 이용해 약의 유통이 더 활발하도록 한 것일지도 모른다. 분명 투자자 역할을 한 사람, 대표가 일부 약사들을 매수했다는 가설을 배제할 수는 없었다.

"@대표라고 했었나? 그 사람 이제 더 이상 찾아가기는 정말 무리겠지…."

민석 선배는 한숨을 쉬며 말했다.

"네, 정말 찾아가면 안 될 것 같았어요. 약 성분에도 문제가 없다고 하는데 도대체 뭐가 문제인 걸까요? 아무리 사람들이 자제력이 없어서 그런다고 해도 이렇게 많은 사람들이 영향을 받고, 중독된다는 게 솔직히 쉬운 일은 아니잖아요."

"… 전에 지영이가 그 약 먹었다고 하지 않았나?"

"음 아마도요…? 그런데 지영 선배는 왜요?"

"근데 걔는 중독이 안 되지 않았어? 지은이 맞지? 지영이 동생."

"네. 그때 지은이가 중독된 걸 보고 선배는 바로 약 끊었다고 했어요."

"빨리 지영이한테 한 번 전화해 볼래? 전화해서 혹시 약 복용하는 도중에 무슨 증상 같은 거 없었는지 한번 물어봐."

지영 선배에게 전화해 약을 복용하던 기간에 이상 증상이 없었냐고 묻자 선배는 자신에게 별다른 증세 같은 것은 없었고 단지 약의 설명서에 적힌 대로 원하는 꿈을 꾸기만 했다고 했다. 지은이에게는 그 일이 좋지 않은 기억일 테니 묻지 않았다고 했다.

약에 대해 파고들수록 더 혼란스러워지는 기분이었다. 이 약이 좋은 의도에서 만들어졌지만 사람들에게 악영향을 미치는 이유가 정말 단순히 꿈, 그것 하나 때문이었을까? 현실에서 이루지 못했던 것을 꿈에서라도 이루기 위해? 원하는 꿈을 꾸겠다고 자신의 목숨이 위태로워지면서도 약을 복용했다는 사실을 믿기가 어려웠다. 설마 그럴 리가 있겠어…?

갑자기 사내 메신저로 편집장님의 메시지가 왔다.

'유한영, 김민석 씨 메시지 보는 즉시 편집장실로 오세요.'

메시지를 보자 놀라서 나도 모르게 자리를 박차고 일어났다. 그때 민석 선배와 눈이 마주치자 선배는 '밖으로 나와' 라고 입모양으로 말한 후 나갔다. 선배를 따라 나가니 선배는 승강기 앞에 서 있었다. 승강기가 도착하자 말없이 올라탔다. 편집장님의 사무실에 도착해서 문을 열자마자 종이 뭉치들이 날아왔다.

"너희 둘! 내가 취재하라고 보낸 거 안 봤어?"

"네? 아… 김 의원 건이요?"

"하라는 건 안 하고 딴 짓을 하길 왜 해! 건드릴 사람이 있고 건드리지 말아야 할 사람이 있는 거야!"

"편집장님 무슨 말씀이세요?"

"두드림 조사한 거 말이야! 아무튼 긴 말 필요 없고, 오늘부로 자네는 해고일세. 김민석 기자는 사수였으면 이런 일 없게 잘 처리했어야지. 하여튼… 가서 유한영 기자 책상 치우게 해."

"네. 죄송합니다."

"저 이대로 관둬야된다구요? 제가 조사를 한 게 얼만데…!!"

"김민석 기자, 유한영 씨 끌고 나가세요."

"한영아, 더 이상은 안 돼… 이제 나가자."

"편집장님!!!!!"

어떻게 편집장님이 아셨는지 대충 짐작이 가기는 했다. 분명 그 여자가 우리 회사로 전화를 해 내 이름을 댔겠지. 이렇게까지 뒤처리를 해 버리는 걸 보면 분명 자기들도 어딘가 숨기고 있는 게 있다는 건데. 그게 뭔지 정확히 모른 채로 끝나버린 게 문제다. 지금 상황으로 봐서는 기사를 내는 건 한참 후에나 가능할 것 같았다. 하지만 그 사이에 사건들이 일어난다면? 내가 기사를 내고 사람들에게 알린다면, 그래서 막을 수 있는 일이었다면 어쩌지?

불길한 생각들이 가득한 채로 책상을 정리하고 있던 중에 민석 선배가 파란색 USB 하나를 건넸다.

"한영아, 나는 기사 못 낼 것 같고 이건 대부분 네가 조사한 거니까 가져가서 어디든 써. 네가 하고 싶은 대로."

"감사해요 선배… 안녕히 계세요."

회사를 나와 아무런 생각도 하지 않고 무작정 집으로 향했다. 집에 간다고 해서 뾰족한 수가 나오는 건 아니었지만 그렇다고 해서 달리 갈 만한 장소도 없었다. 짐은 아무데나 던져두고 옷을 갈아입었다. 그리고 오랜만에 심심풀이로 들어가곤 했던 익명카페에 들어가 글을 읽고 있었다. 그러다 갑자기 마이디의 후기를 여기서 봤던 사실이 떠올랐고, 인기글 10위 안에 있었다는 기억이 났다.

그러면 나도 여기에 글을 올리면 사람들에게 알려줄 수 있겠지?

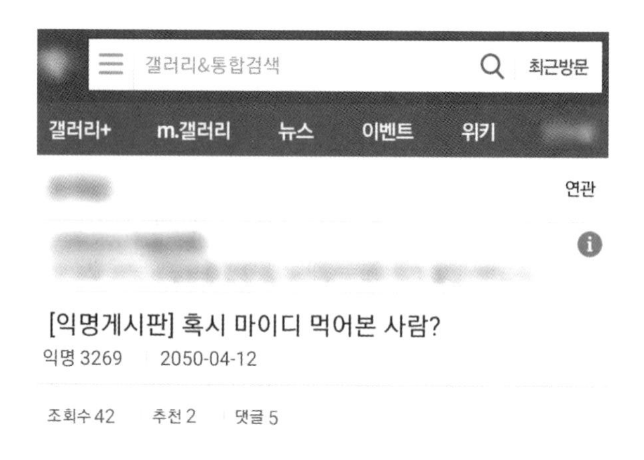

얼마 전에 나도 들은 건데 마이디 먹지 말라던데… 기자회견 할 때 약 관련된 거 질문 하나도 대답 안 해주고 사람들이 마이디 먹은 후에 사건사고 일어나는데도 그거에 대해서는 일절 피드백 안하는거 때문에 의심스럽다고… 근데 말 듣고 보니까 좀 그렇긴 하더라. 왜 언급도 안하고 그냥 계속 판매하지? 지금도 판매량 1위였던 거 같은데… 아무튼 요새 마이디 너무 잘 팔리기는 하는데 얘기 들으니까 좀 찜찜한 게 많아서! 너희도 마이디 안 먹었으면 계속 그러라고 권하고 싶기도 하고 이미 먹고 있는 사람은 조심하라고 말해주고 싶어서!

음... 마무리는 어떻게 하지… 뿅!

익명1485

아 진짜?? 그런가… 몇 번 먹은 적은 있기는 한데 이상한 점은 없어서 못 느꼈는데…

익명9921

엥 그거 아무 이상 없다던데? 나 거기 제약회사 아는 사람이 다녀서 들었는데 그냥 사람들이 복용법 안 지켜서 그런 거라고 했어. 익명아 어디서 들었는지는 모르겠는데 헛소문은 내지 말자^__^

ㄴ 익명2107

맞아. 멀쩡한 사람도 많은데 약이 이상한 건 내가 생각해도 아닌 듯

ㄴ 익명1422

마이디 제약회사 두드림 아님? 거기 견제한다고 다른 회사에서 글 올린 거 아니냐 ㅋㅋㅋㅋㅋ;;

ㄴ 익명3269(글쓴이)

나는 지인이 언론에서 일해서 들었어. 윗댓은 당연히 제약회사 직원한테 들었으니까 회사 옹호하는 말만 들었겠지.

최대한 많은 사람들에게 알리려고 했던 일은 물거품이 되었고 나는 마이디를 더 이상 막을 수 없을 것 같았다.

이제 내가 할 수 있는 일이 있을까? 익명의 말이 신뢰도가 있다던 사람들은 어디가고 왜 나에게는 모두 화살이 되돌아오는 거지? 나는 더는 이 약을 막을 수 없을 것 같다.

진실은 힘이 약하다.

김
태
은

MY 'D' IS

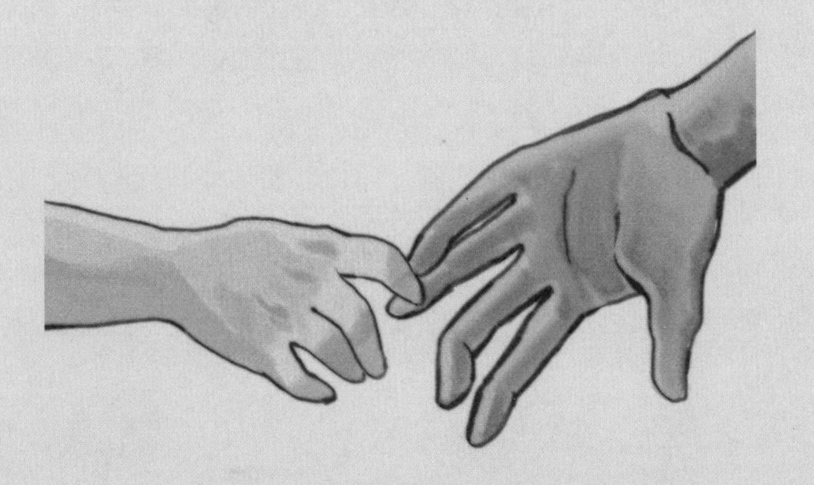

진서연

"원하는 꿈을 꾸게 만들어주는 약, 마이디의 판매량이 계속해서 늘어나고 있으며……."

홀로 밝게 빛나는 노트북 화면에서는 약에 대한 극찬이 종달새의 노래처럼 감미롭게 나오고 있었다. "이건 혁명이다."라며 흥분에 휩싸인 채로 고래고래 소리치는 늙은이, 그냥 다 고맙다며 눈물을 글썽이는 아줌마, 그 다음으로 신기한 약이라며 나도 먹어보고 싶다는 순수한 아이까지의 긴 인터뷰 영상이 끝났다. 시간이 점차 지나 빛은 사그라들었고 이외의 불이 다 꺼진 상태의 연구소는 그저 캄캄한 칠흑과도 같았다.

호사유피 인사유명. 호랑이는 죽어서 가죽을 남기고 사람은 죽어서 이름을 남긴다. 실제로는 그 무엇도 남지 않았고 그 무엇도 남으려고 하지 않는다. 가족, 친구, 그리고 나. 나는 과연 남아 있어도 되는가에 대한 물음은 끊임없이 이어지고 있으며 도저히 끝나려 하지 않는다. 엉킨 실타래가 아닌 끝이 없는 실타래를 손에 쥐고 계속해서 걸어가고 있다. 언제까지 이어지는 실일까, 어디까지 가야 절벽이 나올까. 그 절벽에서 뛰어내려 실을 끊어버리고 싶다는 생각이 오히려 나를 절벽에서 멀어지게끔 만드는 기분에 실을 꽉 붙들고 되돌아가기 시작한다. 이렇게 실을 따라가면 모든 시작으로 되돌아갈 수 있을 거라는 믿음으로 다시 걸음을 옮긴다.

이 시기만 되면 눈물이 났다. 그 사람을 사랑해서, 동시에 그 사람을 원망해서. 그 사람을 만나고 싶어서, 그 사람을 안고 싶어서.

누군가를 그리워하는 행동은 아주 많은 이유를 동반한다. 단지 사랑하고 좋아한다는 긍정적인 이유뿐만이 아니라 밉고 싫고 화가 나는 부정적인 이유로 누군가를 그리워할 수 있다. 또한 긍정적인 이유와 부정적인 이유가 혼합됐을 수도 있으며 그 무엇도 아닐 수도 있다. 물론 아무 이유 없이 누군가를 그리워할 수도 있는 것이다.

이렇게 많은 이유로 만들어지는 그리움이라는 감정은 노력하면 사라질 수도 있다고 하던데. 그 사람은 진정 나의 시작이자 끝이었나, 아무리 노력해도 그리움은 사라지지 않는다. 애초에 없었던 우리의 추억은 정리할 것도 없었고 그 사람의 모습은 기억 속에 남아 있지도 않은데, 도대체 무엇을 정리하고 어떤 기억을 잊어야 그 사람에 대한 그리움을 없앨 수 있을까.

'얼마나 더 많은 시간이 흘러야 내가 당신을 생각하며 눈물을 흘리지 않을 수 있을까요?'

이런 질문을 자신에게 던지면서도 이미 그에 대한 답을 알고 있다. 아마 평생 그런 날은 오지 않겠지. 아마 난 죽을 때조차도 당신을 생각하고 있을 것을 너무나도 잘 알고 있다.

조용했던 공기를 가르고 시끄러운 진동 소리가 나의 공간에 퍼진다. 꽤 오래 기다렸음에도 끊이지 않는 진동 소리에 천천히 눈을 깜빡이니 미처 흐르지 못하고 고여 있던 눈물이 마저 툭툭 떨어졌다.

'나한테 연락할 사람이 있었나. 오늘도 어김없이 광고 전화겠지.'

익숙하게 들려올 음성을 기다리다 예상치 못한, 오랜만에 들려오는 목소리에 잠겨 있던 목소리를 급히 풀려 헛기침을 두어 번 했다.

"야, 우리 안 본 지 벌써 한 달이다."

"그러게, 벌써 한 달이나 지났네. 너도 많이 바빴어?"

"난 항상 바쁘지. 내 회사가 과하게 잘되는 거 너도 알잖아."

고등학교 동창, 강선우. 첫 만남이 사실 선명하게 기억에 남아 있지는 않는다. 듣기로는 내가 빵을 건네줬다고 하던가. 유일하게 연락이 끊기지 않은 친구로 서로의 비밀을 알고 있고 그것을 위로해준 친구, 정도로 정리하면 될 것 같다.

"웃는 거에 힘이 없다? 설마 또 우울해, 이 새끼야?"

정확하게는 나를 잘 알고 있는 친구이다. 굳이 좋지 않은 상태를 보일 필요는 없다고 생각해서 그저 웃었는데 너무 힘없이 웃은 게 문제였나, 바로 들켜버렸다. 이왕 들켜버린 나의 모습에 더 숨길 것이 있나 싶어서 '어……' 하고 조금 전의 웃음보다 더 힘없이 대답을 흘렸다.

"야, 술 사줄게. 나와."

행동력이 빠른 강선우는 그다음 대답을 듣기도 전에 전화를 끊어버렸고 나는 그저 느리게 숨을 들이마시며 핸드폰의 까만 화면을 당황스레 바라볼 뿐이었다.

문을 열자 진한 담배 냄새와 익숙지 않은 화장품 냄새에 미간에 힘을 주다가도 언제부턴가 나에게 꽂힌 시선에 자연스레 강선우 앞에 앉을 수 있었다. 조금은 시끄러운 노랫소리 때문인지 이제 더 나올 눈물이 없어 탈수 증세가 오는 것인지 두통이 오기 시작했다. 이미 준비된 두 개의 잔에 넌 얼마나 마셨나 조용히 눈을 굴리던 와중에 그녀는 못 볼 것을 봤다는 듯이 "너 얼굴 꼴이 왜 이래?"하는 질문을 던졌다. 알고 있으면서도 뻔히 물어보는 그 당당하고 뻔뻔한 목소리에 할 말이 없었다. 일부러 물어보는 걸까 아니면 정말 혹시나 해서 물어보는 걸까, 하고 고민하려던 순간 '둘 다 썩 내키는 선택지가 아니다.' 라는 확답이 몇 초 지나지 않아 나와 버렸다.

"아직도 못 잊었어? 벌써 15년이다."

"그러게. 15년이나 지났는데 왜 못 잊을까."

잊고 싶다, 하지만 한편으로는 잊고 싶지 않다. 아무리 생각해도 한심한 모습에 고개가 절로 숙여지고 한숨이 푹 나올 뿐이었다. 극복이라, 내가 극복할 자격이 있기는 한가. 손을 꽉 쥐었다가 풀기를 반복하다 결국 술이 채워진 잔으로 손을 뻗었다.

"네가 그렇게 보고 싶어 하는데 그 사람은 꿈에도 안 나와?"

잔에 입술을 대고 타는 목을 축이려다 온몸이 굳어버린 것처럼 멈춰버렸다. 우습게도 손만큼은 덜덜 떨리더라. '꿈', '만날 수 있다.' 이 두 단어로 상상인지 망상인지 알 수 없는 흰 연기가 머리를 가득 채우고 그에 취하는 듯했다.

지금까지 가족에 관해 고맙다고 생각해 본 적이 없었다. 하지만 대대로 약사를 해오던 집안이라 약을 개발할 수 있는 연구실이 있다는 것에 처음으로 고맙다고 생각했다. 자신의 꿈을 향해 할 수 있는 것은 모두 해 보라는 뜻으로 연구소를 지었다고 듣고 배워 왔다. 두드림(Do Dream)이라는 그 연구소는 내가 꿈을 향하게 할 뿐만이 아니라 꿈을 이룰 수 있게 할 것을 충분히 예상할 수 있었다. 아니, 사실은 예상한 게 아니라 어떻게든 이룰 거라는 욕심이었다.

"내가 나중에 연락할게."

답지 않게 떨리는 목소리를 진정시키려고 깊이 숨을 들이마시고 내쉬기를 반복했다. 빨리 돌아가야 한다는 생각에 어지러울 지경이었다.

급하게 밖으로 나왔지만 여전히 들려오는 노랫소리로 번뜩 뜨여진 눈에 또다시 머리가 띵해지는 느낌이 들었다. 주차장에 가까워질수록 빨라지는 발걸음은 위태로웠으며 차에 다다랐을 때는 휘청거리며 주저앉을 뻔했다. 경비 아저씨는 내가 위험한 상황이라고 판단했는지 “괜찮으세요?”라며 나를 부축해 왔다. 하지만 그런 걱정 따위는 중요한 게 아니었다. 영양가 없이 괜찮다는 감사 인사를 전하고 서둘러 집으로 돌아갔다. 남은 건 그저 그 사람을 만날 수 있다는 기쁨과 두려움, 온갖 감정들이 뒤섞인 채로 막힌 도로 위에 울려 퍼지는 클랙슨 소리뿐이었다.

실제로 그런 마약이 있다고 알고 있다. 처음 섭취한 날은 가장 두려워하는 악몽을 꾸게 하고 그 다음날은 깊은 마음속 가장 원하는 환상을 보여주는 마약. 하지만 아무리 성능이 좋다고 해도 마약은 마약, 이것을 약으로 만든다면 난 그 사람을 만날 수 있다. 할 수만 있다면 정식 유통을 해서 판매를 하는 것도 나쁘지 않을 것 같다는 생각이 들었다. 마약 성분을 기반으로 중독성을 조금 낮추면 좋은 약이 되지 않을까. 6시간을 기준으로 수면제 성분도 조금 넣고, 원하는 것이 꿈에 나와야 하니까 환각제 성분도 조금 넣고……. 또 어떤 성분들이 들어가야 할까, 어떤 성분이 들어가야 제대로 된 효과를 볼 수 있을까.

그리고 어떤 성분을 넣어야, 내가 그 사람을 볼 수 있을까.

꿈이라는 것은 평소에 자주, 그리고 많이 생각하는 것을 형상화하는 것이라고 한다. 그렇다면 몸이 잘 때 뇌의 활동을 활발하게 한다면 꿈을 꿀 확률이 높아지는 걸까. 하지만 자는 시간에 뇌의 활동이 활발하다면 일어나서 심한 두통이 올 수도 있다. 각각의 성분을 적절히 넣어 부작용이 비교적 없는 조합을 만드는 것을 최종 목표로 잡고 조사 및 실험을 계속해야 할 것이다.

계속해서 성분들을 조사한 결과 정말 필요한 성분들로 약을 만들 수 있게 되었다. 그리고 그 최소의 성분들을 찾아내고서야 며칠 전의 짧았던 만남이 생각났다. 내가 연락하겠다고 말했었다는 것을 분명하게 떠올리고서야 어디 뒀는지 모를 휴대폰을 찾아야겠다는 생각을 할 수 있었고 휴대폰을 찾았을 때는 배터리가 다 되어 화면이 켜지지 않는, 그저 검은색의 화면이 날 반길 뿐이었다. 충전기가 연결된 휴대폰은 서서히 빛을 내며 켜질 기미가 보였고 강선우에게 전화를 걸 수 있었다.

"나 찾았어."

"뭘?"

몇 번의 신호음이 지나고 전화기 너머 들리는 목소리에 조금 다급하게 본론부터 말했다. 강선우에게는 미안하지만 평생의 소원을 이룰 수 있을지도 모른다는 생각에 평소와는 다르게 말도, 호흡도 빨라졌다.

"원하는 꿈을 꾸게 해주는 약의 성분, 드디어 찾았어. 우리 만났을 때 그랬잖아, 꿈에도 안 나오냐고. 네 말 듣고 원하는 게 나오는 꿈을 꿀 수 있는 약을 만드는 건 어떨까 싶어서 약 성분들을 조사했었어. 이제 그 성분을 얼마나 넣을지, 그거 조금 더 연구하다가 동물 실험 진행하려고."

내 말에 그가 어떤 반응을 보일지 두려웠다. 그 누군가들처럼 떠나버릴지 미친 놈 취급을 할지, 혹은 한심하다며 한숨을 쉴지 모를 일이니까. 그래서 "그거 좋네. 다른 사람들도 행복해질 수 있겠다. 내가 너 도와줄게."라는 말과 함께 들리는 그 웃음이 주위의 어떤 소리보다도 선명하게 들려왔다.

내 희망을, 내 갈망을 도와준다는 말에 오랜만에 누군가에게 고마움을 느꼈다. 내가 원했던 것이 모두가 원했던 것을 해결할 수 있는 하나의 방법이 될 수 있고 그 방법을 실현할 수 있다는 생각이 들었을 때는 이미 머릿속에서 어떤 성분을 얼마나 넣어야 최소한의 부작용을, 혹은 부작용이 없는 약을 만들 수 있을지 환하게 웃으며 생각 중이었다.

딱 이 주일이었다. 약의 성분을 얼마나 넣어야 하는지 연구하는 것은 며칠 잠 없이 살고 며칠 밥 없이 살면 더 빨리 끝날 수도 있었던 일이다. 동물 실험도 쥐부터 시작해서 토끼와 고양이 강아지까지 실행했고 사람만이 남았다. 연구를 같이하는 연구원에게 먹어보라 할 수도 없고 연구에 관심을 가지는 후배에게 먹어보라 할 수도 없는 노릇이다. 최종 결과를 내기 위해 직접 먹어보기를 결정하고 강선우에게 연락을 보냈다.

약은 완성된 것 같아. 사람이 복용했을 때의 최종 결과 확인해야 하니까 먹어보려고.

미쳤어? 결과 확인 안 된 걸 왜 먹어. 부작용 있으면 어떡하게.

분명 시각으로 확인한 연락인데 다급한 목소리가 귀에 들리는 듯했다. 부작용을 확인하려 먹어보는 거라고 답장을 하려는 순간 한 문장이 올라왔다.

"내가 사람 보내줄게."

그 연락 후에 강선우는 무슨 방법을 사용한 건지 순식간에 사람들이 모아져 연구소로 모였고 충분한 설명과 서로의 동의, 그리고 계약서를 작성함으로써 부작용의 결과를 확인할 수 있게 되었다. 자료를 정리하는 것도 정리하는 거지만 진행을 확인하기 위해 작은 메모장에 진행되고 있는 상황을 서술했다.

대부분의 실험자가 처음 하나를 먹은 후 효과가 좋다며 먹기를 원해서 먹으려 했다. 한 알 복용의 경우를 확인해야 했기에 먹고 싶은 만큼 먹는 사람들과 지정한 만큼 먹는 사람들로 나눴다.

그렇게 메모장을 채우다 보니 하루 이틀이 금방 지나갔고 진행이 얼마나 됐나 확인하러 강선우가 연구소로 찾아왔다. 하이힐의 또각또각 소리가 온 공간을 울렸고 실험은 잘 되어가냐는 물음에 다 네 덕이라고 답하며 굳었던 얼굴 근육을 사용했다. 상황이 상황인지라 다시 얼굴을 굳히고 결과를 알려줬다.

"일단 하루에 두 알까지 섭취할 수 있게 만들어 둔 건 문제없었어. 한 알 기준 최대 6시간 잠에 빠지게 되고 깨어났을 때 모두가 약간의 두통을 호소했지. 실험자들의 반응은 나쁘지 않아. 누구는 꿈속에서 부자가 됐다고 하고 누구는 좋아하는 연예인과 데이트를 했다고 하고. 아, 좋은 약이라고 칭찬까지 들었어."

좋은 이야기에 얼굴이 조금 풀리는 기분이 들었다. 조금만 더 보완하면 부작용도 없어질 거라는 기대와 완성을 향한 뿌듯함에 이곳은 현실이라는 것을 깨달으려 숨을 크게 들이마셨다.

"그럼 이제 팔면 되겠네."

곧이어 들리는 강선우의 말에 큰 숨을 다시 내뱉는 데는 그리 긴 시간이 걸리지 않았다.

이건 완성품이 아니다, 아직 부작용이 있지 않으냐? 라고 수십 번을 말했다. 장기 복용 결과도 아직 확인하지 못했다, 지금 이 결과를 얻은 것도 아직 일주일이 채 지나지 않았다, 그 어떤 말도 강선우에게는 통하지 않았다. 그저 "자기가 원해서 먹는 약이고 자기가 원하는 꿈까지 꾸는데 두통 정도는 별거 아니지", "장기간 복용해봤자 조금 더 심한 두통만 있을 거야"라며 제약회사에 가보라고 나를 설득했다. 연구소로 모였던 사람들은 모아졌던 것만큼 빠르게 사라졌고 그들이 환하게 웃으며 나가는 모습에 스스로 괜찮을 거라고 합리화했다. 강선우의 말대로 두통 외에는 아무 문제가 없을 거라고, 다 괜찮을 거라고 생각하며.

그렇게 강선우와 제약회사로 향했고 약 성분을 말해줄 수는 없다, 약의 이름을 숨기고 'A라는 성분은 얼마를 넣어야 하고 B라는 성분은 얼마를 넣어야 한다.' 의 형식으로 알려준다는 약속을 하고서야 이틀이면 출시될 수 있을 거라는 말을 들을 수 있었다.

만들어서 내가 복용할 모습은 수도 없이 그려왔었다. 성분 조사를 할 때부터 완성이 되기 전까지 그 사람이 내 꿈에 나와 주겠지 하는 기대감과 설렘에 행복했다. 나만이 아니라 많은 사람이 복용한다는 것이 이제야 실감이 나서 나도 모르게 만들어지는 약들을 빤히 쳐다보고 있었다. 이 세상에는 나처럼 이기적인 사람이 많구나, 하는 마음에 씁쓸하다가도 혼자가 아니라서 다행이다 싶은 마음이 생겼다. 이런 마음에 반응하듯 그 사람의 '너 제정신이 아니구나' 하는 속삭임이 귀가 아닌 심장을 찔러오는 것에 눈을 감아 약을 쳐다보던 것을 멈추고 어딘가에서 보고 있을 그 사람에게 미소지었다.

'이건 전부 당신 때문이에요. 그러니까 나한테 화내지 마.'

암흑의 세상에서 그 사람은 울고 있을까 웃고 있을까. 이왕이면 웃고 있으면 좋을 텐데.

"그때 못 마셨던 술이나 마시러 가자."

제약회사를 빠져나오고 오랜만에 집으로 가려 했지만 그 말에 꿈이라는 단어를 얻게 된 그날이 생각났다. 전의 아쉬움인지 강선우의 말을 거절하고 싶지 않았고 그날을 생각하며 천천히 주차된 차로 걸어갔다. 조금은 빠르고 조금은 느린 축하일지 모르겠지만 이렇게 술 한 잔 할 날이 앞으로 있을지는 모를 거라는 생각에 강선우에게 운전대를 맡기고 조수석에 몸을 뉘이고 연구실 들렀다가 가자는 한 마디 후에 눈이 감겼다.

먼 거리가 아니었음에도 하루를 푹 잔 것처럼 개운했고 머리가 맑아진 기분이었다. 잠시만 기다리라며 혼자 들어간 연구실은 어둡고 조용했다. 다시 들어오는 데 긴 시간이 걸리지는 않겠지만 제약회사에 가기 전에 정리를 못 해 아무렇게나 어지럽혀진 글씨가 빽빽한 종이들을 빠르게 치우고 아무도 없는 연구실에 혼자 환한 스탠드를 끄고 나서야 나갈 수 있었다. 아까보다도 고요해진 그 공간에 구차하게도 다시 돌아올 생각을 끝까지 하면서 발걸음은 그곳에서 멀어졌다.

***

"한 달 만인가, 우리 약 완성하고 처음이니까."

강선우에게서 전화가 온 지도 벌써 한 달, 그리고 테이블 위에는 그때와 똑같은 술이 담긴 두 개의 잔이 놓여있다. 그녀 앞의 Margarita와 내 앞의 Angel's Tip, 참 안 어울리는 두 종류가 한 자리에 있다는 것은 강선우와 최윤, 최윤과 강선우, 마치 둘의 모습을 나타내듯이 조금은 묘했다.

"그 정도 됐지? 그때 너 안 마시고 갔잖아."

"그때는 약 때문이었잖아. 꿈을 꾸게 하는, 이제 완성된 그 약."

"그래, 곧 세상에 공개될 약이지. 많은 사람들이 좋아할 거야. 분명해."

"그렇겠지? 실제에서 이루지 못할 일을 꿈속에서 이루는 그런 약이니까, 모두가 좋아할 거야."

술을 마시러 온 것임에도 끝까지 그에 대한 이야기를 하는 건 어쩔 수 없는 본능이었다. 항상 등교를 하고 수업을 들으면서 방학을 하고도 학교와 학업, 그리고 개학에 대해 생각하는 것처럼 이 모든 것은 의도하지 않은 본능이었다. 술자리에서 빠질 수 없는 흥미로운 사건, 나를 위한 약이었지만 곧 모두를 위한 약이 곧 출시된다는 것. 벗어나기 위해 술을 마신다고는 하지만 결국 술을 마시는 원인 또한 벗어나려 하는 그 일 때문이다. 지루할 법하지만 결코 지루할 수 없는 나의 일, 그리고 나와 함께 하는 너. 걱정과 축하, 이 약에 관한 모든 것을 같이 할 사람, 강선우.

약에 관한 이야기와 그 약과 관련된 잡생각들을 떨쳐내고 앞을 보니 나를 보며 씨익하고 웃는 그녀가 정말 기쁘다는 표정으로 "우리를 위해서, 약을 위해서, 모두를 위해서, 치얼스?"라며 잔을 들었다. 그 말에 조용히 "치얼스"하고 얕은 숨을 뱉은 후 흘러나오는 사랑 노래처럼 술은 달달한 향을 퍼뜨리며 입속으로 그리고 식도로 흘러 들어갔다.

작은 화분에 말라비틀어진 꽃, 텅텅 빈 냉장고, 자칫하면 빈집이라 착각할 수 있을 정도로 깨끗한 거실, 이 모든 게 모여 있는 집으로 돌아왔다. 취한 강선우를 데리고 오는 것도 오랜만이고 집으로 돌아오는 것도 오랜만인 이 시간이 조금은 낯설면서도 익숙하게 받아들여졌다. '목이 타려나' '속이 안 좋을까' 하는 생각에 냉수라도 줄까 싶어 상태를 확인해 보니 눈은 이미 한참 전에 감긴 듯 침대에 쓰러져 있었다. 잠들지 않을 거라는 표정으로 흐리멍텅한 눈으로 날 힘겹게 보고 있는 모습에 불편한 게 있나 물어봤지만 가까이 오라는 듯 강선우는 손짓을 할 뿐이었다. 차가운 물에 얼음까지 넣은 유리컵에서는 물이 뚝뚝 떨어졌고 아무래도 마실 생각이 전혀 없다는 고갯짓에 대신 목을 축이고 그녀에게 다가갔다. 자연스레 나에게 기대왔고 붉은 입술이 나에게 다가왔다.

그녀의 몸은 화상을 입을 정도로 뜨거웠고 심장 소리는 시끄러울 정도로 크게 들렸다. 그 소리에 내 심장에서도 '언젠가 이렇게 큰 소리가 들리는 날이 올까' 잠시 다른 생각을 하며 소리를 더 들으려 점점 더 그녀를 안았다. 그녀의 향수 냄새에 파묻혀 그대로 질식할 듯했고, 그에 나는 그녀의 미미한 살 냄새를 찾으려 더 깊게 코를 묻었다. 그녀는 나에게 몰아치는 파도인가, 지나가는 소나기인가, 아니면 그저 스치기만 한 바람인가.

나는 그녀를 사랑하지 않는다. 하지만 늘 그래왔던 것처럼 내가 원하는 것을 그녀에게 속삭인다, "사랑해"라고. 그리고 어김없이 진심이 아닌 것을, 사랑을 부탁한다. 내게 몸을 맡긴 그녀의 붉은 입술에서 "윤아" 하고 이름이 흘러나옴과 동시에 아까 유리컵 속의 얼음이 녹는 소리가 들려왔다. 툭 하고 떨어진 얼음과 툭 하고 내뱉어진 이름의 무게 중 어느 것이 더 무거울지 그녀는 알고 있을까. 적어도 나에게는 이름의 무게가 훨씬 무거운데. 중요치 않은 궁금증들은 다 술 때문이다, 그렇게 생각하며 그녀의 향에 점점 빠져들어 갔다.

하지만 한편으로는 '우리' 라는 관계가 너무 깊은 것을 알고 있기에 우리는 우리가 아닌 '너' 와 '나' 의 관계를 이어가야 할 것을 인식하고 있었다. 깊은 만큼 조심해야 하고 한 번 빠졌다가는 쉬이 헤어 나올 수 없는 그런 관계는 애초에 나에게 들어서면 안 될 관계라는 것이 피가 식은 게 느껴질 정도로, 뼈 한마디 한마디가 아파져 올 정도로 강하게 느껴왔기에 우리는 우리가 될 수 없었다.

***

오늘 아침에만 해도 '폭발적인 인기를 끌고 있는 약, 마이디에 대한 부작용으로 김 군이 심정지로 사망했습니다.' 라는 내용의 기사가 발표되었다. 그 기사를 기준으로 '마이디 복용자, 과다복용으로 숨져', '마이디, 최고의 약에서 최악의 약으로', '마이디, 단순한 복용자의 실수' 등 많은 자극적인 제목들이 줄을 세워 밑으로 나열되었다. 하지만 나열되어 있는 그 기사에 나열되어 있는 댓글들은 '본인이 남용하여 부작용이 생긴 것이다.', '설명서에 적정량을 섭취하라고 적혀 있다.' 등의 의견과 함께 효과가 좋다며 유통을 계속하라는 주장이 대부분이었다.

아무리 생각해도 이 약으로 사람이 죽는 것은 약의 유통을 금지해야 한다는 뜻으로 받아들여진다. 중독 성분이 극소량이 첨부되었다고는 하지만 어쨌든 성분이 들어 있는 것이다. 극소량이지만 그것 때문에 누군가가 다치고 죽을 수 있다는 것이다. 의지를 가지고 노력하면 쉽게 중독을 끊을 수 있지만 그래도 이건 잘못된 것이다. 분명 그때 장기 복용 결과를 확인하지 않아서 이런 결과가 발생한 거라면 그 책임은 약을 만든 나에게 있다. 책임이라는 것은 복용하고 목숨을 잃은 김 군이 아니라 모두 나에게 있는 것이다.

생각할수록 머리는 뜨거워졌지만 반대로 심장은 식어가는 듯했다. 내 잘못이 아니야. 모든 게 내 잘못이야. 아니, 모두의 잘못이야.

전자레인지에 돌아가는 도시락을 기다리며 왜인지 모르게 목이 바싹바싹 마르는 기분이었다. 뉴스에 고정되어 있는 TV에서는 누군지 모를 연예인의 이름부터 시작해서 갈수록 심각해지는 여러 국제문제와 누군가의 감동적인 인생살이까지 진부하고도 지루한 이야기들이 흘러나왔다. 전자레인지의 2분이 끝났는지 보고되는 사건 · 사고 리스트들 사이에 '띵' 하는 소리가 들렸다. 이어서 들리는 기자회견의 카메라 소리와 익숙한 강선우의 목소리에 절로 눈과 귀가 향했다.

"부작용이 아니라 피해자분의 남용으로 발생한 일이므로 저희

측 책임은 없다고 봅니다."

화면 넘어 수십 개의 셔터 소리에 화면이 아니라 현장이 바로 앞에 있는 것처럼 머리가 아파왔다. 기자회견에 왜 익숙한 얼굴이 나오고 왜 마이디에 대한 이야기가 나오는지, 지금 이 상황이 무슨 상황인지 이해할 수 없었다. '왜 나는 모르고 있었던 거지?' 하고 의문점을 가질 때쯤 카톡 알림 소리가 울렸다.

"선배, 기자회견 봤어요? 저거 무슨 소리예요?"

연락을 보고 급하게 실시간 검색어를 확인하니 마이디, 강선우, 기자회견으로 온통 도배되어 있었다. 전에 심장마비로 사망한 김군에 대한 기자회견이었으며 그것은 모두 피해자의 남용이라는 이야기였다. 강선우의 말에 대한 반응은 하나같이 응원과 추천들이었고 비판하는 소수들은 다수에게 욕을 먹고 배척당하는 상황이었다. 곧이어 '카톡!' 하고 분위기에 맞지 않는 가볍고 명랑한 소리가 몇 차례 더 울렸고 후배에게서 길고도 짧은 이야기를 전달받았다.

"저 더 이상은 못 하겠어요. 아무리 생각해도 이건 아니에요."

"우리 장기 복용 결과 확인 안 했었고."

"그로 인해서 피해 받는 사람들이 생기는 건 당연한 거예요."

"솔직히 선배 책임감 떠안고 혼자 불안해하는 것도 보기 힘들어요."

"이미 많이 늦은 것 같지만 나 이 일 그만할게요."

“끝까지 남지 못해서 미안해요, 선배.”

검은 글씨가 보였고 머리카락부터 발끝까지 온몸이 저릿했다. 네가 떠난다니, 아니, 안 돼. 가지 마.

“고객이 전화를 받지 않아 삐 소리 이후 음성사서함으로 연결됩니다.”

서둘러 전화를 걸었을 때는 높낮이 없이 녹음된 목소리만이 들려왔다. 그 목소리가 끝나기 전 전화를 종료하고 몇 번을 더 시도해봤지만 아무리 들어도 익숙해지지 않는 감정 없는 그 딱딱한 목소리만이 나를 반겨줄 뿐이었다.

잠시 잊고 있었던 기자회견이 또 다른 저릿함으로 정신을 차리게 했다. 언제 물을 마셨는지 기억나지 않을 정도로 입과 목이 말라갔지만 물을 마셔야겠다는 생각조차 할 수 없었다. 갈라지는 목소리로 그 이름을 불렀을 때 휴대폰에서는 언제나처럼 당당하고 뻔뻔한 목소리가 흘러나왔고 별일 없었던 것처럼 아무렇지 않은 답들만을 들려줬다.

“그거 피해자가 잘못 복용한 건데 왜 우리가 책임져. 나 지금 바쁘니까 끊어.”

녹음된 목소리를 지나 심장을 찔러오는 기계음은 몸을 더욱더 차갑게 식혔고 완전히 말라버린 목구멍은 따가움에 침도 삼키지 못했다. 도시락은 초라하게 전자레인지 안에서 식어가고 있었고 TV에서는 새로운 흥밋거리가 생긴 듯 그에 대한 이야기를 늘어놓고 있었다. 바늘이 흘러가는 소리가 나지 않는 시계에 얼마나 시간이 지난 건지 예측할 수 없었고 얼마나 지난 건지 모를 시간 동안 아무 소식 없는 휴대폰은 뭐가 즐거운지 화면을 반짝 빛내고 있었다.

대학생일 때 그 아이를 만났으니 벌써 10년이 넘은 인연이다. 익숙한 듯 익숙하지 않은 얼굴을 가졌지만 전혀 다른 목소리와 말투. 좋아하는 것과 싫어하는 것, 그 무엇도 그 사람과 관련된 게 없었다. 그저 붉은 볼을, 어깨에 닿지 않는 짧은 머리를, 콧등의 작은 점을 가졌다는 것에 그 사람과 겹쳐 보였다. 아이는 홍조가 있는지 평소에는 멀쩡하다가도 감정이 고조되거나 날씨의 영향을 받으면 볼이 항상 붉어졌다. 그 사람의 붉은색과는 다른 이유의 붉은색이지만 그 정도는 신경 쓰이지 않았다. 과거를 살펴보고 미래를 걱정하기보다는 당시 바로 앞의 현재가 중요했으니까.

오래 가지 않아 그 아이를 보며 그 사람을 생각했다는 것에 죄책감이 생겼지만 그 생각을 멈출 수는 없었다. 어느 순간부터 그 사람에게 듣지 못했던 말들과 눈길들을 그 아이에게서 받기를 바랐고 그 사실을 모르는 아이는 연구에 대한 호기심 단 하나로 나를 따라왔다. 그리고 현재 그 아이의 호기심은 현실에 꺾여 포기라는 과정으로, 바닥으로 추락하고 있었다. 어쩌면 현실 안에 있는 나 때문일지도 모르겠다.

그 사람을 겹쳐서 볼 상대가 없어진 나는 바닥 중에서도 바닥으로 추락했다. 나는 이제 누구에게 의지해야 하는 걸까. 원하는 꿈을 꿀 수 있는 약, 마이디를 만들면서도 꿈은 그저 꿈이기에 깼을 때 더한 상실감을 불러일으킨다는 것을 어느 샌가 깨달았다. 그래서 꿈에 의지하는 것이 아닌 현실에서 의지할 수 있는 존재가 필요했다. 그 아이가 사라짐으로써 나는 현실에서 의지할 수 있는 존재가 사라졌다.

상실감, 죄책감, 책임감. 느끼고 있는 많은 감정에 혼란스러운 건지 무서운 건지 혹은 두려운 건지 자신에게 물어봐도 언제나 답은 나오지 않았다. 내가 잘하고 있는 건가 싶은 의심은 예전부터 나를 공격해 왔고 후배와의 이별로 공격당하던 곳에 피멍이 생긴 듯했다. 시체처럼 온종일 침대에 누워 있기도 하고 연구실에 가서 지금까지 해왔던 마이디의 자료를 온종일 읽어보기도 하고, 그야말로 방황의 시기가 되었다. 제2의 사춘기가 찾아온 게 아니라 아직까지 사춘기가 끝나지 않은 듯 지금의 방황은 사춘기 때 못지않게 어지럽다. 방구석에 쪼그려 앉아 있다가 잠이 들기도 하고 차 안에서 하루를 보내기도 했다. 식사는 건너뛰는 것이 익숙해져 하루에 한 끼를 살기 위해 억지로 먹었고 그렇게 하루하루를 죽은 듯이 살아가며 제약회사도 가지 않고 24시간을 멍하게 지새웠다.

"야, 최윤. 너 어디 있어?"

날카롭게 들려오는 강선우의 목소리와 선명하게 들려오는 하이힐 소리에 그저 '아, 왔구나.' 하는 생각만 들었다. 내가 제약회사를 가지 않으면 다음 달 약이 만들어지지 못한다. 이대로 마이디의 판매가 중단되는 것도 나쁜 선택은 아니지만 점점 가까워지는 소리는 그럴 일은 절대 없을 거라고 확신을 준다. 화가 난 강선우의 얼굴이 이미 보이는 듯해서 무릎에 얼굴을 묻고 조곤조곤하게 그 사람을 불렀고 "이번에도 역시 내 잘못이겠죠. 난 몰랐는데, 지금 다시 생각해보면 친구에게도 끝까지 그냥 빈 사랑이었나 봐요."라고 속삭이며 늦은 어리광을 부렸다. 어리광을 부릴 때면 도리어 화를 내던 그 사람은 이번에도 인상을 찌푸리고 버럭 소리를 지를 것을 알면서도 어리광을 부렸다.

'쾅' 하고 큰 소리를 내며 열리는 문의 소음이 맨 끝 방에 있는 나의 발목에 슬금슬금 올라오는 것 같았다. 갑자기 들어오는 빛과 함께 강선우의 향수가 코끝을 맴돌았다.

갑자기 돌아가는 얼굴에 며칠 동안 움직이지 않은 목이 충격을 받았는지 우드득하는 소리가 났다. 아프지는 않았다, 그저 강선우가 얼마나 분노했는지 확인할 수 있는 순간이었다. 곧 어깨에 손이 올라오더니 화려한 손톱이 살을 파고들어 왔다. 매서운 눈빛으로 쏘아보며 미쳤다고 악을 쓰는 강선우의 모습에 더욱 혼이 나가는 듯했다. 지금 이 순간조차도 명예와 돈을 원하는 그 모습에 눈에 초점이 잡히다가도 흐려진다. '너에게 중요한 것은 정말 그뿐인가' 물어보고 싶었지만 내 상황을 물어보는 압박에 잠긴 목소리로 간신히 입을 열어 후배 이야기를 꺼내려 했다. '후배가 일을 그만뒀어.', 이 짧은 문장은 시작조차도 제대로 해내지 못했지만.

"후배가 뭐. 엄마한테 못 받은 사랑 후배한테라도 받고 싶었어? 적당히 해. 그냥 우리끼리 행복하자는데 도대체 뭐가 문제야!"

점점 커지는 목소리에 인상을 찌푸릴 뻔했지만 강선우가 꺼낸 그 한 단어에 그 목소리는 안 들리는 것 같았다. 내가 사랑하고 원망하고 그리워하는 그 사람. 미안해요, 엄마. 별 닮은 것도 없는 후배랑 엄마를 겹쳐봐서. 이제는 미안하기까지 합니다. 당신은 살아서도 죽어서도 나에게 모든 감정을 알려 주네요. 한편으로는 너무 잔인한데 한편으로는 고마워요. 이렇게라도 나에게 남겨 주는 게 있다는 게 기뻐요.

"야. 너 제약회사 가서 약 만들어."

다른 생각에 빠졌다고 생각하는 걸까, 미쳤다고 생각하는 걸까, 혹은 이런 내 모습에 할 말이 없어진 걸까. 그 무슨 이유이든 간에 강선우는 제약회사를 가라는 말을 남기고 집에 들어왔을 때처럼 선명한 하이힐 소리를 내며 나갔다. 또다시 조용해진 방에 아까처럼 얼굴을 묻었다.

엄마가 "눈치껏 잘 할 수 있잖아?"하고 입버릇처럼 말하던 게 떠오른다. 좋은 성과를 내면 착한 아이라고 칭찬해주던 엄마가 떠오른다. 좋은 성과를 내는 착한 아이, 당신 생각에 잠겨 착한 아이가 되려 합니다. 착한 짓을 하면 칭찬은 못 받더라도 작은 눈길 한 번은 받을 수 있었기에 이번에도 그 눈길 한 번을 기대하며 내일 언제 제약회사로 출발할지 고민했다.

30년의 긴 시간 동안 사랑이라는 것을 받아보지 못했다. 아버지는 가족이라는 형태에 관심이 없었다, 어릴 때부터 아빠에게 나와 비슷한 처지의 아이가 한둘은 더 있지 않을까 생각했다. 엄마는 무관심 속에 어린아이를 방치했다. 적당한 돈이면 알아서 크겠지, 하는 그 안일한 생각에 아이는 애정이라는 것이 무엇인지 모른 채로 자라왔다.

그 어리고 여렸던 아이가 성인이 되어서는 숨 쉬는 것처럼 익숙하게 했던 것이 원나잇이었다. 아래에 혹은 위에 있는 사람이 사랑한다고 울부짖는 모습은 아이가 찾던 사랑이 아니었지만, 그것도 좋았다. 날 사랑하는 사람이 존재한다는 것을 두 눈으로 보고 두 손으로 만질 수 있었기에 안심할 수 있었다. 아직은 살아갈 수 있겠구나 싶어서 행복하기도 했다. 단지 정말 하루뿐이라서 하루 건너 하루에 새로운 사람을 찾는 본인의 모습에 환멸을 느꼈던 건지 어느 순간에는 원나잇도 하지 않았다. 아마 감정 없는 사랑은 속이 텅 비어 아무것도 없는 사랑이었다는 것을 알게 되고 한동안 멈춘 거였던 것 같다. 물론 오래가지는 않았다. 자주 혹은 꾸준히는 아니더라도 새로운 사람이 가진 빈 사랑을 찾아다녔으니까.

그 아이가 다시 크고 또 더 커서 30대를 넘어가고, 아이는 해탈이라는 것을 배운 사람인 척 연기했다. 해탈할 수 없는 상황에서 해탈을 연기하는 것은 소리 내어 엉엉 울려고 하는 아이에게 울음을 참는 연기를 하라는 것과 같은 것이었다. 그렇게 아이는 울음소리를 내지 않고 우는 법을 배웠으며 울고 난 후에 눈가가 붉게 변하지 않는 법과 다음날에 눈이 붓지 않고 멀쩡하게 보이는 법을 배웠다. 그리고 현재의 아이는 울어도 혼나지 않는 법을 터득했다.

***

내가 많이 잘못한 건가요? 나는 아직까지도 잘 모르겠어요. 내가 정말 잘못한 거라면 누군가가 지적하고 혼을 냈겠죠. 하지만 아무도 나에게 뭐라 하지 않았어요, 오히려 고맙다는 감사 인사를 들었고 어떻게 이런 약을 개발할 생각을 했는지 감탄만을 들어왔어요. 뭔가 좀 이상하지 않아요? 이게 정말 잘못한 거예요? 박수를 받는 일이 잘못된 건가요? 엄마, 제발 알려 주세요. 저는 모르겠어요.

무의식적으로 엄마에게 쓴 편지는 찢어지기 직전이었다. 글씨를 너무 꾹꾹 눌러 써서인지 종이가 젖어서인지, 너덜너덜해진 편지는 곧 구겨진 채로 쓰레기통에 던져졌다. 쓰레기통 속의 수많은 종이가 넌 결국 엄마에게 아무 말도 할 수 없다고, 절대 착한 아이가 될 수 없다고 비웃는 소리가 되어 바스락바스락하고 들려왔다.

나에게 사랑 한 번 나눠주지 않은 채로 떠나버렸다. 성인이 되면 좀 더 대화할 수 있겠지, 좀 더 눈을 마주할 수 있겠지 하며 기다렸던 고등학교 졸업식을 얼마 남기지 않고 사고가 났다. 주위의 모든 학생은 자기 얼굴을 가리는 커다란 꽃다발을 안고 부모님에게 축하를 받으며 학교를 나가는데 그 많은 학생 중 오직 나만이 꽃다발이 아닌 우산을 들고 졸업장을 안고 있었다. 앞으로 나아가는 알록달록한 우산들은 내가 들고 있는 검은 우산을 초라하게 만들었고 눈을 맞으면서도 깔깔거리며 웃는 다른 사람들의 모습은 나를 비참하게 만들 뿐이었다. 시간이 지날수록 사나워지는 바람은 손을 얼리기에 충분했고 집에 들어오는 순간 바람의 매서운 소리마저도 사라졌고 시각과 청각 그리고 후각까지, 아무것도 느낄 수 없는 완전한 혼자가 되었다.

눈이 많이 오던 날, 그날의 사고가 우연한 사고였는지 고의적인 타살이었는지 아니면 본인이 원했던 자살이었는지는 여전히 모르겠다. 엄마는 정말 살고 싶지 않았던 걸까, 엄마는 왜 살고 싶지 않았던 걸까. 꿈에서 만난다면 물어보고 싶은 말이 너무 많다. 하지만 정말 만난다면 그 많은 말 중에서 보고 싶었다는 말만 반복할 것을 알고 있다.

'엄마, 사랑한다고 한 번만 말해 주세요. 당신 살아 있지도 않은데, 어떻게 그동안 꿈에도 한 번 안 나와요? 제발, 엄마. 나 좀 사랑해주세요.'

그렇게 매일같이 울면서 지내다가 구질구질하게 아버지에게 애원도 해봤다. 그 여자 죽은 게 언제 적 일인데 아직 붙잡느냐며 한심하게 내려다보는 아버지라는 작자의 눈을 찔러버리고 싶었다.

그 더러운 눈을 보고 싶지 않았다. 그래서 빌어먹을 신이라는 존재에게 빌었다. 무릎 꿇고 두 손을 모으고 눈을 감은 채로 수십 번 수백 번을 부탁했다. 운명을 만든 게 신이라면 이보다 잔인한 존재가 이 세상 어디에 있을 것이며 이렇게 잔인하게 끝내지는 않을 거라 믿으며 오랜 시간 빌었다.

엄마는 만날 수 없었고 하고 싶었던 말들은 서서히 잊혀져 갔다. 그래서 내가 원하는 것들이 완전히 잊혀지기 전에 내가 할 수 있는 모든 일을 하려고 했다.

잠시 잊고 있었던 것 같다. MY 'D', 나의 D. 나에게 D는 꿈(Dream)이자 욕망(Desire)이었다. 가질 수 없는 걸 원하고 볼 수 없는 것과 마주하기를 바라며 만날 수 없는 것과 지나치기를 바란다. 겨우 이 정도의 이기심은 모두가 가지고 있다고 생각했다. 그랬기에 처음에는 아무 죄책감 없이 약을 만들 수 있었다. 시간이 지나면 지날수록 장기 복용 결과를 확인하지 않고 판매를 시작했다는 것에서 죄책감을 느끼게 되었고 그로 인해 생기는 두통이라는 부작용에 대해 내가 잘못했다고 생각했다. 나의 D는 그저 나만을 위한 것으로 남았어야 했었다. 모두가 아닌 나의 욕망을 해소함으로써 그 역할을 끝냈어야만 했다. 되지도 않는, 모두를 위한다는 생각 때문에 모두에게 피해를 줬다.

애초에 약 자체는 죄가 아니었다. 시작은 긍정이었지만 끝이 부정이었을 뿐, 의도와 동기가 나빴던 건 아니었다. 아이러니하게도 과정에서 문제가 있었고 그 문제를 고치려 하지 않았던 게 더 큰 문제를 낳았다. 만약 후배가 날 떠났을 때 같이 떠났다면 이런 상황까지는 오지 않았을까? 아니, 내가 같이 떠날 수는 있었을까? 난 떠나지 못했을 것이다. 무언가 잘못되었음을 깨닫고도 '어떡해야 하지' 생각만 하다 그렇게 조용히 지나갔을 것이다. 지금과 다를 것 없는 미래가 이어졌을 것이고 다시 과거를 후회하며 엄마를 원망하는 내가 있을 것이다.

고개를 들면 벽에 걸린 거울 속에 비치는 내 모습에서는 아무것도 느껴지지 않는다. 거울 속에서는 푸른빛이 도는 달빛에 흰 침대가 반짝거렸고 시린 바람에 걸려 있던 셔츠 끝자락이 바닥을 쓸었다. 그 모습을 보던 거울 속의 나를 마주했을 때 그 눈동자는 공허하기 짝이 없었다. 초점이 없어 흐릿한 눈은 심해를 담은 듯했다.

간절한 소원일수록 더 깊게 생각하게 된다. 이뤄지지 않을 소원일수록 더 간절하게 원하게 된다. 그리고 이뤄지지 않는 것을 마주했을 때 사람은 피폐해진다. '나는 지금까지 내 꿈에 얼마나 간절했는가.' '나는 지금 피폐함을 맞이한 상황인가.' 이 궁금증을 해소하기 위해 피를 봤다. 섬세하게 종이를 가르던 칼은 왼팔에 날카로운 직선들을 만들었고 피부를 붉게 만들었다. 그 선들 위에는 둥글게 피가 고였고 짧은 시간에 그 피는 옷에 그리고 바닥에 떨어지기 시작했다. 하얀 방에 단 하나의 붉은 것은 색정적이라 말할 수 있을 정도로 자극적이었다. 이 정도의 간절함이라면 꿈에 엄마가 찾아와줄 거라는 착각과 이렇게 엄마를 만날 수도 있는 것도 괜찮겠다는 생각을 하고 있을 때 비밀번호가 해제되어 문이 열리는 소리가 들렸고 누군가의 하이힐 소리가 들렸다. 하이힐 소리가 아니더라도 집에 찾아올 사람은 그녀뿐이라는 것을 알고 있다.

"윤아. 왜 그래?"라며 내 걱정을 하는 강선우는 놀랐는지 팔의 피처럼 눈물이 떨어졌다. 자신이 모든 것을 책임지겠다며 제조법을 넘기라는 말에 이제서야 그녀는 내 욕망과 다른 이들의 욕망을 이뤄주는 게 목적이 아니라 이뤄줌으로써 얻을 수 있는 값이 목적인 것을 알게 되었다. 사실 이전부터 알고 있었다. 부작용을 쉽게 넘기는 모습은 사람을 보는 눈이 아니라 오직 약을 보는 눈이었으니까. 하지만 그 눈을 그냥 넘어간 것은 곁에 나를 이해해주고 감싸줄 누군가가 필요했기 때문이었을 것이다.

"……두드림. 오른쪽 서랍 두 번째 칸. 비밀번호는 엄마 기일."

혀가 굳어 발음이 새는 것은 신경 쓰이지 않았다. 세 단어만으로도 충분히 제조법이 정리된 문서가 어디 있는지는 이해할 수 있었고 그 세 단어로 그녀는 그녀가 얻고 싶은 것을, 그리고 나는 내가 버리고 싶은 것을 버릴 수 있었다. 단지 강선우의 말처럼 모든 것을 그녀에게 넘기고 싶었다. 피해자들에 대한 책임감을 그녀에게 넘기고 싶었고 약에 대한 모든 것을 그녀에게 넘기고 싶었다. 더 이상의 짐을 가지고 싶지 않았고 들고 있는 짐은 놓아버리고 싶었다.

모든 것이 끝났다. 강선우는 눈을 찡그릴 정도로 붉어진 왼팔을 지혈하라는 듯 오른손을 올려주고 "119 정도는 불러줄게."라는 단

한마디를 남겨놓고 떠났다. 그녀의 뒷모습은 여태껏 봐왔던 뒷모습과 다를 게 없었고 그 뒷모습을 가졌던 많은 사람이 스쳐 지나갔다. 엄마와 아버지부터 후배와 강선우까지, 푸른 달빛을 배경으로 삼은 시린 뒷모습이었다. 쓸쓸해 보이면서도 후련해 보이는 그 모습은 내가 감히 붙잡을 수 없는 모습이었고 지금까지 한 번도 붙잡을 수 없었다. 결국 내 곁에는 아무도 남지 않았고 그렇게 나는 나조차도 모르게 무너져 내리고 있었다.

얼마 지나지 않아 구급차의 사이렌 소리가 귀를 찔렀고 서너 명의 사람들이 괜찮냐며 다급하게 소리쳤다. 누군가에게 안긴 건지 업힌 건지 몸이 들리는 느낌이 들었고 세상의 모든 색이 흑과 백으로 변해갔다. 이번에는 여태껏 꿔보지 못한 깊은 꿈을 꿀 것 같은 기분에 미련하게도 엄마가 나왔으면 좋겠다는 바람을 또다시 안았다.

처음으로 꿈에 나온 엄마를 보며 내가 이만큼을 간절해 해야 꿈은 이뤄질 수 있다는 것을 알게 되었다. 내 생에 이런 귀한 경험을 과연 또 올까 싶어서 오랜만에 엄마에게 편지를 썼다.

꿈에 서럽게 울고 있는 엄마가 나온 날, 힘들다고 안아달라던 엄마가 나온 날, 난 꿈에서조차 엄마를 위했고 엄마에게 내 품을 내었어요. 엄마를 위해서 눈물을 흘렸어요. 모든 게 꿈이라는 것을 아는데도 숨이 턱턱 막혀왔어요. 일어나 보니 꿈이 아니었다

는 듯이 얼굴은 눈물범벅에 숨이 막힌 것처럼 목을 부여잡고 헐떡이고 있었어요. 옆에서 간호사는 저를 걱정하고 있었고 의사는 뛰어왔는지 가쁘게 숨을 쉬며 진찰을 하겠다고 하더라고요.

그 상황이 마냥 쓰라리고 괴로웠어요. 꿈에서 깼다는 것에 화가 났어요. 누가 깨운 것이라면 그 누군가를 죽이고 싶을 정도로 화가 났어요.

비록 꿈에서였지만 헤어지기 직전에 엄마가 내게 무슨 말을 했는지 알아요? 사랑한다고, 그러니까 자기 곁에 계속 있어 달라고 했어요. 그게 너무 좋아서, 정말 죽을 만큼 좋아서 뭘 어떻게 해야 할지 모르겠더라고요. 여긴 병원인데, 병원에서 그때처럼 피를 봐야 하나 고민했어요. 물론 결국에는 피를 보지 않았고 지금 이렇게 편지를 쓰고 있지만, 처음이었어요. 엄마가 나에게 관심을 줬던 거. 그래서 나는 다시 한 번 엄마를 만나려고 해요.

이 글은 당장의 편지이지만 언젠가의 유언장이 될지도 모른다. 내 시작과 끝은 엄마라는 존재였다, 하지만 끝은 이 유언장을 읽는 사람과 함께할 수도 있을 거라는 헛되고도 재미있는 상상을 하며 숨이 섞인 웃음을 흘렸다. 눈은 울고 입은 웃는 이상한 표정이 되어버렸지만 이후 눈이 입처럼 웃을지 입이 눈처럼 울지에 따라 좀 더 정확한 표정이 될 거라는 것을 알기에 더 이상 눈과 입과 표정이 아닌 다 쓴 편지를 접는 것에 집중했다.

하얀 편지 봉투에 접힌 편지를, 침대 옆 서랍에 넣고 침대에 누웠

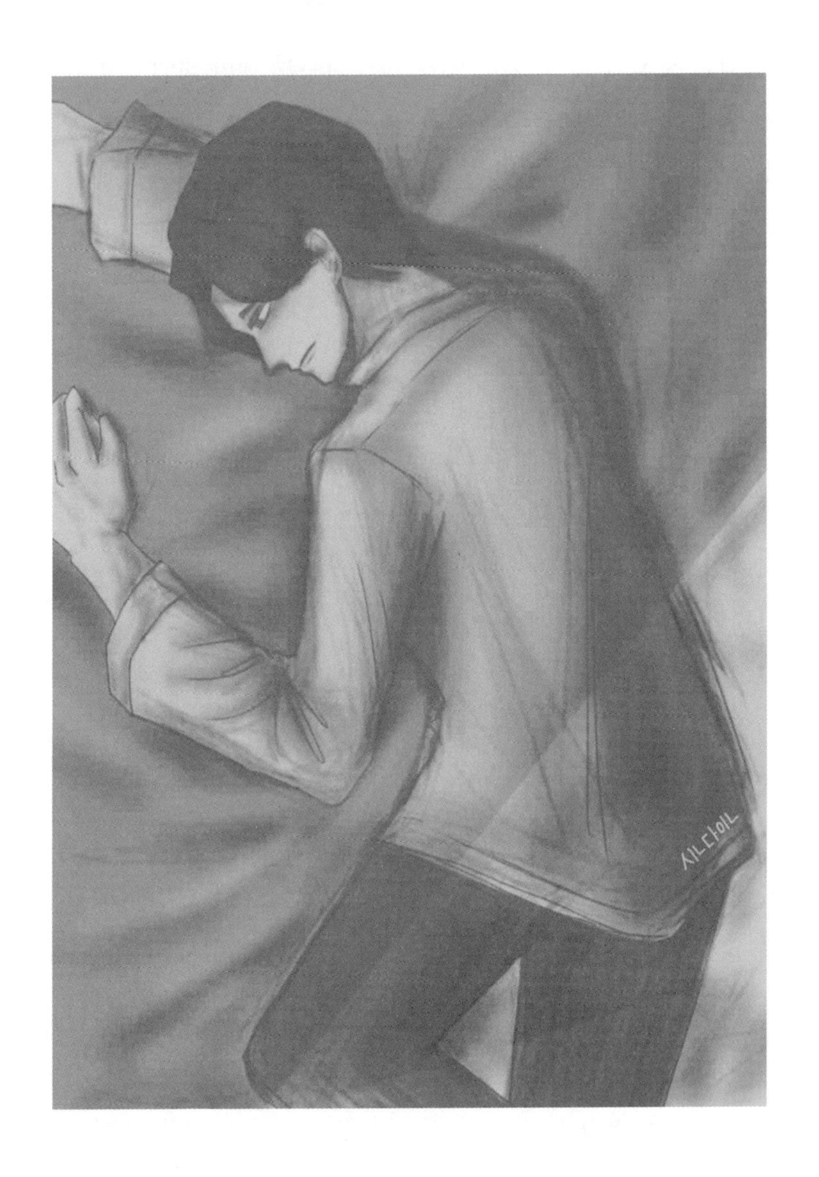

다. 일정하게 숨을 쉼으로써 아직까지 살아있음을 깨닫고 '지금 눈과 입은 웃고 있을까, 울고 있을까.' '엄마를 대한 것이니 웃고 있겠지.' 하는 불확실한 생각과 함께 긴 회상 속으로 다시 잠기려 한다.

원래는 아무 향도 없던 이불은 섬유유연제와 함께 세탁해서 향이 났고 작은 화분 속 말라비틀어진 꽃 대신에 심어진 둥근 선인장은 반짝이며 싱그러운 녹빛을 띄었다. 평소보다 편안하고 긴긴 잠을 위해서 모든 것을 차차 준비했고 오늘에서야 그 준비가 끝났다. 평소의 흰 셔츠 대신 조금은 헐렁한 흰 티를 입고 차가운 얼음물 대신에 미지근한 물을 마셨다. 노곤해지는 기분이 좋아서 침대에 누워 온몸에 힘을 뺐다. 흑색의 구름이 가득한 하늘은 낮임에도 어둠을 자아냈고 창문을 두드리는 빗소리는 고요한 집을 조심스레 껴안고 자장가를 부르는 듯했다.

'일어났을 때는 비가 그치고 무지개가 떠 있으면 좋겠다.'

나의 꿈에 축복을, 그리고 축하를 해 줄 무지개가 나를 반겨준다면 오늘은 내 인생 중 최고의 날이 될 것 같았다. 머리맡의 반짝이는 스탠드를 끄고 서랍에 넣어둔 마이디 두 통을 꺼냈다. 오른손에는 현재 판매되고 있는 완성된 마이디, 왼손에는 완성되기 전의 베타 버전의 마이디를 쥔 채로 둘을 고민하고 있을 때 문득 베타버전을 먹고 거품을 물던 생쥐가 생각났다. 이왕 내가 갈망하는 꿈을 꾸는 거라면 다시 깨고 싶지 않았기에 오른손은 다시 서랍으로 들어갔고 수많은 편지 봉투 사이에 숨어 있는 내 인생에서 딱 한 장뿐인 가족사진을 꺼내 들었다. 오랜 시간이 지난 것을 보여주는 듯 모서리 부분이 누렇게 변한 사진에는 무표정인 아버지와 그런 아버지를 바라보는 엄마, 그리고 환하게 웃고 있는 어린 내가 있다. 이제 영영 열리지 않을 서랍 속의 사진은 오늘을 끝으로 다시는 보지 않을 거라 다짐했다. 비록 사진 속이지만 어린 나를 쓰다듬고 사진을 베개 밑에 넣었다. 이렇게 하면 꿈을 꿀 확률이 조금이라도 더 높아지겠지 하는 마음에 불안감을 없애려 한 행동이었지만 하고 보니 '참 애쓴다' 하는 마음이 생겼고, 지금까지의 내 모습을 본 주위 사람들이 이런 마음이었을 것을 생각하니 미안한 마음이 커졌다. 죽어서도 이런 모습을 보는 엄마에게 미안했고 그와 동시에 애초에 내가 이렇게 된 건 다 엄마 때문이라는 투정과 원망이 다시 찾아왔다.

한 통에 들어 있는 8알의 캡슐이 손으로 떨어졌고 순식간에 손은 비워졌다. 이번에 만날 때는 울고만 있지 말고 웃어주기를 바라며 향이 나는 이불 속에 파묻혀 눈을 감았다. 병원에서처럼 금방 깨어나 버린다면 투정과 원망이 지금보다 심해질 것을 알고 있기에 적어도 섬유유연제의 은은하고도 짙은 향이 사라질 때까지는 절대 깨지 않았으면 좋겠다는 욕심을 가득히 품었다.

'이번 만남에서는 다른 가족처럼 잔소리도 좀 해주고 칭찬도 좀 해줬으면 좋겠어요, 엄마.'

어떻게 이런 약을 만들 생각을 했냐고 칭찬도 좀 듣고, 왜 이런 약을 만들었냐고 혼을 내다가도 그동안 많이 힘들었지 않았냐며 걱정을 해주고 본인의 지친 마음 때문이 아닌 나를 걱정하는 마음으로 눈물도 좀 흘려줬으면 좋겠다는 생각을 했다. 약을 먹었음에도 저번처럼 울기만 하는 꿈이라면 허탈할 것 같아서 지금 내가 생각하고 있다는 것을 까먹을 정도로 생각을 했다. 날 더는 외롭게 만들지 말아 달라는 부탁을 기반으로 점점 정신이 흐릿해졌고 완전히 끊기기 전 마지막으로 생각했다.

'이번 꿈에서 일어난다면 다음에는 같이 소풍 가는 꿈을 꿔야지. 소풍 갈 준비를 하면서 같이 요리도 하고 쇼핑도 하고. 그리고 그 꿈에서는 이 모든 상황이 꿈이라는 것을 알고 있다고, 깨고 싶지 않다고 말할 거야.'

***

바닥과 벽, 그리고 천장까지 까맣기만 한 공간 속에서 멀리서 환하게 빛나는 빛으로 다가갔다. 천천히 걷던 발걸음은 점차 빨라졌고 달리기 시작했다. 머릿속은 '엄마' 라는 그 단어 하나로 가득 찼고 어느새 모든 것이 꿈이라는 사실을 잊고 있는 것처럼 행동했다. 빛으로 가까이 가면 갈수록 배경이 생겨났다. 흰 눈이 바닥을 채웠고 주변은 시끄러워졌다. 달리기를 멈추고 숨을 몰아쉬니 입에서는 입김이 나왔다. 두 손을 가득 채우고도 상체를 반이나 가리는 꽃다발을 들고 있는 아이들과 그런 아이들의 졸업장을 대신 들고 입으로는 카운트다운을 하며 사진을 찍어주기에 바쁜 어른들이 보였고 곧이어 행복이 흠뻑 묻은 웃음소리가 들려왔다.

이런 꿈을 원한 적이 없는데 이건 무슨 꿈인가 당황하고 있을 때 저 멀리 교복을 입은 열아홉 살의 내가 보였다. 그가 혼자라는 것을 이미 잘 알고 있는 나는 뒷걸음질 치려 했지만 내가 잘 알고 있는 것과는 달리 그는 다른 아이들과 다름없이 꽃다발을 들고서는 환하게 웃고 있었다. 그리고 그의 옆에는 부드러운 미소를 짓고 머리를 쓰다듬어주는 엄마가 있었다.

아이의 손에 있는 예쁜 리시안셔스 꽃다발은 눈 오는 것을 까먹게 할 정도로 본인이 제일이라는 듯 자신이 지닌 색과 향을 뽐내고 있었고 씁쓸할 정도로 다정한 엄마의 손길은 보고 있는 이 모든 게 진실인 마냥 따뜻하고 부드러웠다.

문 주 현

Mammom*

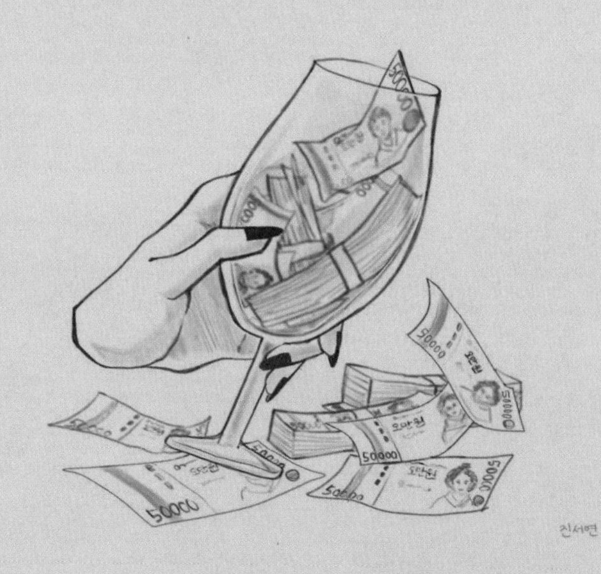

*탐욕을 상징하는 악마

나는 기업가로 성공했다. 관심을 받고 싶지 않아도 많은 사람이 관심을 주고, 많은 사람의 우상이 되어 있었다. 하지만 남들이 볼 때는 성공한 삶이지만 난 아직 부족하다고 생각한다. 몇몇 어른들은 돈이 많다고 행복할 수 없다지만 돈이 있어야 행복해지는 것을 얻을 수 있다는 걸 알면서도 애써 모른 척한다.

태어났을 때부터 부모라는 존재는 존재하지 않았다. 2016년 09월 10일, 보육원에 버려졌다. 그때 이후로 부모 없는 자식이란 소리는 끊임없이 들었다. 그리고 들리는 소리는 가난. 가난이 그렇게 죄인가. 나는 무시 받지 않으려고 정말 열심히 살았다.

초등학생 때는 부모가 없다는 이유만으로 나를 따돌리는 사람들이 싫었다. 얼마나 좋은 부모를 만났으면 나에게 이런 대우를 할까. 그때 이후로 나는 고아라는 사실을 숨겼다. 한창 예민할 나이인 열다섯 살 때는 담임선생이라는 사람이 대놓고 부모가 없다고, 교실에서 국가에서 지원 받는 사람들을 조사했다. 나는 나라에서 지원해 주는 게 너무 부끄러웠다. 지원해 주는 것을 밝히면 내가 고아이고 가난하다는 사실을 인정하는 것만 같았다. 그렇게 나는 돈의 중요성을 알아버렸고 높은 자리에 서야겠다고 마음먹었다.

고등학생 때는 남들이 자는 시간까지 쪼개서 공부했고 어차피 먹지 못하는 세끼를 굶어가며 악착같이 버텼다. 그렇게 나는 돈이 있어야만 행복하다는 사실을 남들보다 너무 빨리 알아버렸을지도 모른다.

하지만 나도 사람이고 여린 소녀였다. 내 주제를 누구보다 잘 알면서 같은 반 친구를 좋아했다. 반에서 쥐 죽은 듯이 지냈지만, 항상 지켜보고 있었다. 너무 좋아했지만 내가 고아라는 사실은 숨겼다. 부끄럽다는 생각보다 나에게서 멀어질 것만 같았다. 하지만 누구에게나 기회는 주어지는 법. 하루는 3일을 굶고 간신히 숨만 쉬고 있던 나에게 그 친구가 빵을 내밀었다. 그 친구 뒤에서 빛이 빛나는 것 같았다. 지금 그 친구의 빵을 받아야지만 나를 구원해줄 것 같은 기분이 들었다. 다른 사람이 아닌 그 친구 입에서 나오는 소리를 얼마나 듣고 싶었으면 난 자리를 박차고 일어나 그 빵을 손에 꽉 움켜쥐었다. 그때 이후로 나는 숨지 않고 그 친구의 뒤를 졸졸 따라다녔다. 아마 지금 생각해보면 그 친구가 나한테 욕하지 않은 게 얼마나 다행인지 모른다.

그리고 졸업을 얼마 앞두지 않은 날 그 친구의 어머니가 돌아가셨다. 이때까지 따라다니면서 그렇게 힘들어하는 모습을 처음 보았다. 지금이면 내가 고아라는 사실을 말해도 괜찮을 것 같았다. 나는 그렇게 그 친구의 과거를 알게 되었다. 엄마의 사랑이 많이 부족한 아이, 엄마가 없는 아이. 엄마가 없다는 공통점을 찾아 너무 행복했다. 부모의 사랑이 뭐 그렇게 좋다고 슬피 우는 그 친구를 위해

내 눈물은 얼마든지 흘려 줄 수 있었다. 그렇게 그 아이는 내가 처음으로 사귄 친구이자 유일한 친구가 되었다.

***

"야, 우리 안 본 지 벌써 한 달이다."

"그러게, 벌써 한 달이나 지났네. 너도 많이 바빴냐?"

"난 항상 바쁘지. 내 회사가 과하게 잘되는 거 너도 알잖아."

너를 보고 싶다고, 한 달 동안 못 봐서 정말 보고 싶었다고 마음속에서는 울부짖고 있었다.

최윤은 옅은 웃음을 지었다. 그의 옅은 웃음으로 나는 오늘이 무슨 날인지 단번에 알 수 있었다.

"너 웃는 거에 힘이 없다? 설마 또 우울해 하냐, 새끼야?"

"어……."

엄마가 없다는 공통점이 생겨서 친구가 된 사실에 난 행복해 하고 있는데 최윤은 15년째 엄마를 그리워하고 있다. 엄마의 사랑을 못 받고 자란 아이. 이해할 수 없는 행동이었다. 하지만 그 이유로 최윤과 아직도 친구이고 보면서 이야기할 수 있는 사실에 감사하고 있다. 아직도 많이 좋아하고 있다.

"야, 술 사줄게. 나와."

최윤을 한 달만에 만났다. 너무 좋았다. 예쁘게 보이고 싶었고,

성공했다는 모습을 보여주고 싶었기에 짙게 화장을 하고 한번 맡으면 향기를 잊을 수 없는 향수를 뿌렸다. 나는 그 친구보다 먼저 칵테일 바로 가서 Margarita와 그 친구를 위한 Angel' s Tip을 시켰다. 몇 분 후 그 친구가 바 안으로 들어와 나를 바로 찾아내 앞에 앉았다. 그런데 그 친구의 얼굴은 너무 보기 안 좋았다. 아니 좋아할 수 없었다.

"너 얼굴 꼴이 왜 이러냐?"

"……."

머리는 누가 쥐어뜯은 것처럼 헝클어져 있었고 아무 생각을 하지 않고 옷을 입었는지 셔츠 단추도 제대로 채우지 못했다. 이미 술을 마신 사람인 듯 눈에는 초점 없이 그저 감았다 떴다를 반복하고 있었다.

"아직도 못 잊었냐? 벌써 15년이다."

"그러게, 15년이 지났는데 왜 못 잊을까."

"네가 그렇게 보고 싶어 하는데 그 사람은 꿈에도 안 나오냐?"

초점 없던 그 친구의 눈동자에는 잠깐의 생기가 돌았다. 그러더니 내가 산다는 술도 마다한 채 자리를 박차고 일어나 밖으로 나가버렸다.

"내가 나중에 연락할게."

내가 실수한 건가? 술을 먹이지 말았어야 했나? 잡다한 생각이 내 머릿속에서 차고 넘쳐 흐르기 직전이었다. 그렇게 일주일 동안 나 혼자 최윤을 그리워하고 걱정하며 지내고 있었다.

하지만 내 회사를 버리고 있을 수는 없었기에 생각하지 않으려고 내 일에 집중했다. 어렸을 때부터 관심 있던 패션사업에서 큰 손이 된 나는 내 회사를 차리고 옷들을 디자인할 만큼 크게 성장해 있었다. 모든 연예인이 내 옷을 입기 위해 줄을 섰고 그 대단하다는 대기업 회장들도 내가 만든 옷들을 입기 위해 투자하고 관심을 두었다. 또한 나는 옷을 만드는 것뿐만 아니라 굳이 CEO들을 붙이지 않고도 내가 스스로 사업을 운영했으며 마케팅에 관한 아이디어들도 다 내 머리를 통해서 만들어진 것들이었다.

어느 누구도 내 과거를 상상하지 못할 만큼 높은 자리에 앉아 있었다. 투자를 받는 일들은 너무 쉬웠다. 연예인들에게 2급 정도의 옷들을 입혀 놓으면 1급으로 분리된 옷들을 얻기 위한 투자자들의 연락이 끊이지 않았다. 몇 벌에 몇 억 아니 수십 억이 왔다 갔다 할 수 있는 내 옷들. 저 끝이 없는 밑바닥에서부터 남들이 우러러보는 자리까지 앉아본 나는 어느 시선에서든지 만족할 만한 광고를 뽑아냈고, 그렇게 열심히 공부해서 얻은 유학이라는 명목 하에 외국에서도 벌린 내 인맥들과 옷들 덕에 부족함이 없을 것 같았다. 하지만 인간이라는 게 성공하고 나면 더 큰 성공을 바라고 있기 때문에 돈과 명예 그 다음 '함께' 라는 단어가 자꾸 머릿속을 스쳐 지나갔다. 그렇게 잊을 만하면 자꾸 스치던 최윤이 생각 날 때쯤 연락이 왔다.

"나 찾았다."

"뭘?"

일주일만에 연락 와서 한다는 소리가 '찾았다' 라니 그냥 너무 당황스러워 눈물이 날 것 같았다.

"원하는 꿈을 꾸게 해주는 약의 성분, 드디어 찾았어. 우리 만났을 때 그랬잖아, 꿈에도 안 나오냐고. 네 말 듣고 원하는 게 나오는 꿈을 꿀 수 있는 약을 만드는 건 어떨까 싶어서 약 성분들을 조사했었어. 이제 그 성분을 얼마나 넣을지, 그거 조금 더 연구하다가 동물실험 진행하려고."

"그거 좋다. 너도 꿈속에서 엄마 만나고 다른 사람들도 행복해질 수 있겠다. 내가 너 도와줄게."

꾸고 싶은 꿈을 꾸게 하는 약을 만든 것도 대단했지만 내 말 속에서 그 아이디어를 떠올렸다는 게 너무 행복했다. 드디어 '함께' 라는 단어를 내가 가질 수 있을 것 같았다.

최윤을 위해서 무엇이든 할 수 있는 나는 내 옷 몇 벌 내어주고 투자 받는 거는 아무것도 아니었다.

"안녕하세요. 회장님. 옷 필요하시죠? 그럼 제가 요즘 연구하고 있는 약이 있는데 거기에 투자해 주세요. 원하는 꿈을 꿀 수 있도록 도와주는 약을 만들려고 해요. 정 불안하시다면 제가 약 개발이 끝나고 실험체들에 실험 후 안전성 검사를 끝낸 후에 투자해도 늦지 않아요. 어때요? 하시겠어요?"

"좋네. 강 대표 그렇게 하세."

사람들이 함부로 넘볼 수 없는 자리에서 거래하고 투자를 받는 일을 내가 하고 있을 거라고 누가 상상이나 했을까.

투자를 받는 일은 내가 생각했던 것보다 쉽게 흘러갔다. 투자만으로 회사가 만들어지면 참 좋은 세상일 텐데. 약을 만들어 줄 회사가 필요했다. 누구나 알 만하고 믿을 만한 제약회사. 새로운 약이 만들어질 때 쉽게 승낙을 해주는 제약회사는 없었다. 그럼에도 불구하고 나 강선우라는 이름으로 할 수 있는 것들이 너무 많았다. 나와 같이 사업해보겠다고 줄 서 있는 자리에 제약회사가 낄 것이라는 생각은 하지도 못했지만 내 손 위에서 연결되어 가는 제약회사가 하나 생겼다.

투자를 받고 내 인맥을 이용한 계약이 끝나고 모든 준비를 다 마쳤을 때 친구에게서 문자가 왔다.

'약은 완성된 것 같아. 사람이 복용했을 때의 최종 결과 확인해야 하니까 먹어보려고.'

'미쳤어? 결과 확인 안 된 걸 왜 먹어. 부작용 있으면 어떡하게.'

'내가 사람 보내줄게.'

드디어 미친 건가? 아무리 꿈에서 엄마를 본다고 해도 부작용이 어떻게 나타날지 모르는데 스스로 실험대상이 된다니. 왜 친구인 나의 능력을 이용하지 않는지 궁금했다. 인정받기 위해, 사랑을 주기 위해 그렇게 내 능력을 키우고 더 키우고 아직도 모자라 더 키우려고 노력하고 있는데 그는 남들이 우러러보는 내 자산과 능력을 한없이 작아지게 만들었다. 무슨 짓이든 할 수 있었다. 실험할

대상이 필요하다면 보내 주는 게 내 역할이었다. 나는 길바닥에 널려 있는 노숙자들을 실험 대상으로 잡았다. 내 비서에게 시켜서 노숙자들에게 돈을 주고 끌어들였다. 남들이 보면 비윤리적인 행동이고 인간에게만 느낄 수 있는 조그마한 동정의 감정도 느끼지 않을 수 있냐고 묻겠지만 난 최윤에게 잘 보이려면 무엇이든 할 수 있었다. 오르골 속 발레 인형처럼, 스노 글로브 안에 반짝이는 가루들처럼 음악을 들려주고 옆에서 화려하게 빛나고 싶었다.

이틀 뒤 나는 실험 결과를 들으러 연구실로 찾아갔다.

"실험은 잘 돼 가?"

최윤은 열정 가득한 얼굴로 서서 나를 맞이했다. 15년 동안 그렇게 흥분된 모습을 처음 보는 것 같았다. 점점 생기가 돌고 있었고 나는 더 최윤 옆으로 다가갈 수 있었다.

"일단 하루에 두 알까지 섭취할 수 있게 만들어 둔 건 문제없었어. 한 알 기준 최대 6시간 잠에 빠지게 되고 깨어났을 때 모두가 약간의 두통을 호소했고. 실험자들의 반응은 나쁘지 않아. 누구는 꿈속에서 부자가 됐다고 하고 누구는 좋아하는 연예인과 데이트를 했다고 하고. 아, 좋은 약이라고 칭찬까지 들었지."

"그럼 이제 팔면 되겠네."

최윤은 별 걱정 없이 약을 만들었다. 아니 애초부터 걱정하지 않았다. 연구자로 성공했고 원하는 일은 무엇이든지 끝까지 해내는 사람이었다.

"그래도 아직 부작용 있잖아, 완성된 게 아니야!"

수도 없이 아니라는 최윤의 말은 내 귀에 들어와 다시 흘러나갔고 나는 성공이 곧 다가온다는 것을 직감했다.

"자기가 원해서 먹는 약이고 자기가 원하는 꿈까지 꾸는데 두통 정도는 별거 아니지."

"장기간 복용해봤자 조금 더 심한 두통만 있을 거야."

자기들이 원하는 꿈을 이루어 준다는데 그 후에 다가올 고통을 누구나 감당하지 않겠나. 만약 나였어도 그 약을 먹었겠지만 참 우연히도 그 약 성분에 알레르기 반응이 일어난다니 참 억울하다. 그래도 항상 그 친구에 관한 꿈을 꾸기 때문에 약 없이도 버틸 수 있었다.

"그렇겠지? 두통 말고는 아무것도 안 생기겠지?"

"내일부터 내가 투자하는 제약회사 가서 약 만들어봐."

"어, 알겠어."

역시 단순하기도 참으로 단순한 사람이었다. 고등학생 때도 내가 흘린 거짓 눈물을 잘 믿어 왔고 앞으로도 잘 믿을 걸 알 수 있듯이 단순히 떠보기만 하면 쉽게 넘어왔다.

우리는 함께 제약회사로 갔고 이틀 뒤면 정식 출시가 된다는 이야기를 들었다. 최윤과 나는 아무 말 없이 공장에서 약들이 환한 빛을 내며 나오는 것을 바라만 보고 있었다.

"그때 못 마신 술 지금 마시러 가자."

***

"한 달 만인가, 우리 약 완성하고 처음이니까."

"그 정도 됐지? 그때 너 안 마시고 갔잖아."

"그때는 약 때문이었잖아. 꿈을 꾸게 하는, 이제 완성된 그 약."

"그래, 곧 세상에 공개될 약이지. 많은 사람이 좋아할 거야. 분명해."

"그렇겠지? 실제에서 이루지 못할 일을 꿈속에서 이루는 그런 약이니까, 모두가 좋아할 거야."

"우리를 위해서, 약을 위해서, 모두를 위해서, 치얼스?"

"치얼스."

그때 같이 마시지 못한 술이 다 들어가듯 우리는 시간이 가는 줄도 모르고 열심히 즐기고 있었다. 드디어 같이 성공의 길로 가는구나. 그 생각에 빠져서 술을 마셔서인지 단순히 좋아하는 감정 때문인지는 모르지만 나는 더욱더 흥분되고 몸이 달아올랐다. 그렇게 몸이 달아오르고 그 이후는 기억이 나질 않는다. 단지 조금 놀랐을 뿐. 최윤의 침대에 우리는 실오라기 하나 걸치지 않고 서로 껴안고 있었다. 드디어 그 친구의 마음을 얻었다고 생각했다. 나에게는 더없이 행복한 날이었다. 돈과 사랑 모두 잃지 않았으니.

소중한 것을 넘어 소유하고 싶어졌다. 그렇게 그 친구를 더 좋아하고 서로 행복하게 지내고 있을 때쯤 사건이 하나 일어났다.

'마이디 복용자, 과다복용으로 숨져'

'마이디, 성분 잘못인가? 출시 2주만에 사망자 발생'

'마이디, 최고의 약에서 최악의 약으로'

'마이디, 단순한 복용자의 실수'

기사 내용에는 마이디의 성분이 잘못되었다고 말하는 기사도 있었지만, 사용자 남용으로 인해 발생한 일이라며 제약회사에서는 구체적 복용 방법을 적어놨다고 긍정적인 방향으로 쓰여 있었다. 댓글 반응도 마찬가지였다. 거의 대다수의 사람이 이 약을 먹고 좋아하는 시점에서 누가 이 약을 비판하며 싫어할 것인가.

나는 내 기업에서 더욱 성장하고 사람들은 행복을, 나에게는 돈을 가져다 주는 약이 너무나 좋았다. 하지만 그 친구는 아니었다. 자신 때문에 사람이 죽었다나 뭐라나. 그 사망자는 단순 남용이었다. 그 친구의 잘못이 아니지만 그 친구는 자책하고 또 자책하며 나락으로 빠져들고 있었다. 처음이었다. 그 친구가 나를 구원해 줄 수 없다는 생각이 내 머릿속에 스쳤다. 하지만 그날 밤 때문인가 제조법을 그 친구만 알기 때문인가, 아직 그를 잃고 싶지 않았다.

나는 내 능력으로 내 손바닥 위에서 기자들과 언론을 좌지우지할 수 있었다.

"안녕하십니까. Do Dream 대표 강선우입니다. 지난 9일 마이디 약 사망자 발생 사건에 대해 심려를 끼쳐 죄송합니다. 저희 Do Dream에서는 마이디 포장지에 1일 권장량과 섭취 방법, 알레르기 유발 성분 등 모든 것을 기록해 두었습니다. 김 군의 사망 당시 본 권장 최대치의 3배 이상인 6알을 섭취한 것으로 밝혀졌습니다. 누구나 할 수 있는 남용이었지만 김 군에게 안타까운 결과를 낳게 되어 진심으로 삼가 고인 명복을 빕니다. 저희 쪽에서는 김 군의 가족 분들에게 위로금을 지급할 예정입니다. 다시 이러한 사건이 발생하지 않도록 복용자 여러분의 권장량 섭취를 부탁드리는 바입니다. 혹여 권장량 섭취 후 발생하는 피해 상황은 저희 Do Dream에서 모두 책임질 것을 약속드립니다. Do Dream 대표 강선우였습니다."

내가 굳이 기자회견을 열지 않아도 좋은 방향으로 가고 있는데 꼭 내 손바닥에 올라오지 않고 옆에서 내 심기를 건드리는 사람들도 있다. 하지만 그 사람들의 질문을 무시해도 나에게 오는 타격이 없기에 귀에 들어오지 않았다.

그렇게 기자회견장을 나와 차에 오르자 전화벨 소리만 들어도 누군지 짐작이 되는 사람에게서 다급한 듯 휴대폰이 울렸다.

"내가 지금 뭘 들은 거야? 무슨 소리 한 거야?"

"내가 뭘? 나 뭐 잘못했니?"

"그거 아니잖아… 우리한테 책임 있는 거 맞잖아."

"그거 피해자가 잘못 복용한 건데 왜 우리가 책임져. 나 지금 바쁘니까 끊어."

참 어이없게 자꾸 우리 잘못으로 넘기는 최윤을 이해할 수도 없었고 이해하기도 싫었다. 되지도 않는 그 자격지심에 찌들어서 피해망상이 심해져만 가는 사람을 더는 내 우상으로 두고 있을 수 없

었다. 아니 드디어 내 우상이 없어지고 내가 최고가 되려는 순간이었다.

이렇게 좋은 언론과 좋은 약을 가진 나는 내 패션사업까지 더 확장하려 하고 있었다.

회사에 들어와 쉬려고 앉는 순간 신 비서에게 인터폰으로 연락이 왔다.

"대표님 양지일보의 유한영 기자가 인터뷰를 요청하고 갔습니다. 어떻게 할까요?"

"네 선에서 처리해."

"안녕하세요! 저… 유한영 기자입니다!"

"……"

"어제 기자회견에서 질문에 대한 답을 하나도 듣지 못해서 꼭 인터뷰하고 싶어 찾아왔습니다!"

"그건 어제로 끝난 거 아닌가요? 기자들과 대화 나눌 시간 없습니다."

"하지만 제가 답을 들어야만 하는 일이라…"

"정말 말 안 통하네. 신 비서 끌어내."

"네? 잠시만요! 이거 놓으세요! 대표님 질문 하나라도! 대표님!!"

계속 귀찮은 년이 들러붙는다. 내 손바닥 위에서 쉽게 놀고 먹을 수 있는 일을 마다 한 채 몇몇 사람들은 인간이 제일 가녀린 생명체인지 모르고 자신들의 두 발로 뛰어다닌다.

"신 비서, 양지일보 편집장한테 전화 걸어서 만나자고 해."

겁도 없이 덤비는 기자 하나 묻는 거는 아무 일도 아니었다.

"김 편집장. 당신 직원 중에 유한영이라고 있던데. 너무 겁이 없어. 나는 그런 기자 마음에 안 들던데."

***

기자회견이 끝나고 며칠이 지났을 때 제약회사 사장이 급하게 연락을 걸어왔다. 10월에 제작돼야 할 약을 제조법을 아는 최윤이 나타나지 않아 판매가 중단될 위기에 처해 있다고 했다. 왜 자꾸 최고의 자리에 앉지 못하는 걸까. 최윤의 감정 따위 중요하지 않았다. 내 성공을 막는 친구가 나의 우상이었던 게 치욕스럽다. 비밀번호를 누르고 들어갔을 때는 아침인지 밤인지 모를 그 집에 나의 거친 숨소리와 딱딱한 하이힐 소리만 들려오고 있었다.

"야, 최윤. 너 어디 있어?"

숨바꼭질하듯 최윤은 더 깊은 곳으로 숨는 듯하였다. 마지막 방문을 열었을 때 내 뒤에 불빛이 문 사이로 들어와 최윤을 비췄다. 역시 신은 내 편이구나.

그의 눈빛에는 내 옷에서 빛나는 붉은 빛이 피눈물이 되어 흐르는 것처럼 최윤은 죽어가고 있었다.

그렇게 쭈그려 앉아있는 최윤의 뺨을 때렸다. 그리고 내 손톱이 그의 심장을 파내듯 어깨에 박히고 있었다.

"미쳤지? 미쳤어? 미쳤구나. 너 왜 그래? 왜 자꾸 돈과 명예를 버리냐고!"

"……후배."

"후배가 뭐. 엄마한테 못 받은 사랑 후배한테라도 받고 싶었어? 적당히 해. 그냥 우리끼리 행복하자는데 도대체 뭐가 문제야!"

"야. 너 제약회사 가서 약 만들어."

최윤은 아무 대답도 하지 않았지만, 대답을 듣기에는 내가 이미 최윤을 멀리 떠난 상태였다.

****

"안녕하세요! 양지일보 유한영 기자입니다! 죄송하지만 인터뷰 다시 부탁드리러 왔습니다. 제발 한 번만 해주시면 안 될까요?"

"어제 얘기 끝난 걸로 아는데요. 비켜 주시겠어요?"

"인터뷰하시겠다고 약속해 주시면 비켜 드리겠습니다! 오늘 안 해주셔도 저는 매일매일 찾아올 거예요!"

"아… 진짜 귀찮게 하네. 올라가죠."

"네, 네!!"

받아주지 않으려 했다. 하지만 유한영의 기자로서의 인생은 이미 끝난 것을 알았기 때문에 내가 인터뷰를 한다 해도 그 내용을 기사

화할 수 없다는 것을 알았다. 기사화되는 게 두려운 게 아니었다. 단순한 장난 정도로 받아준 것이었다.

"인터뷰하겠다면서요? 시간 뺏지 말고 빨리 오세요."

"아닙니다! 지금 가요!"

너무 재미있었다. 너무 열정적이고 천진난만한 모습이 얼마나 웃기던지.

"앉으시죠. 커피랑 차 있는데 어떤 거 드릴까요?"

"아… 저는 그냥 물 한 잔이면 됩니다!"

"신 비서, 여기 물 한 잔 가져와."

"네."

"질문하세요."

유한영의 얼굴에서는 드디어 성공했다는 표정이 너무 강렬했다. 좀 더 골려주고 싶은 마음에 질문에 회피하지 않으려 했다.

"아, 네! 녹음기 켜고 시작하겠습니다…! 첫 번째 질문입니다. 지금 일어나는 약과 관련된 일들은 마이디 제조에 사용되는 성분들로 인해 일어나는 문제입니까?"

"성분으로 인한 부작용은 아닙니다. 피해자분의 남용으로 인해 발생한 일입니다. 약을 과다 복용했을 때 발생하는 일이므로 적당량을 복용한다면 인체에 해롭지 않습니다."

"네, 알겠습니다. 두 번째 질문입니다. 최근 약의 부작용에 대한 논란이 있는데 그것은 어떻게 생각하십니까?"

"다시 한 번 말씀드리지만, 저희는 약 포장 박스에 1일 권장량과 섭취 방법을 모두 표기했고, 부작용이 아니라 피해자분의 남용으로 발생한 일이므로 저희 쪽 책임은 없다고 봅니다."

"네. 세 번째 질문 드리겠습니다. 그렇다면 초기 약을 만든 목적에서 변질되어 현재 사람들의 복용하는 목적이 초기 목적과 달라 그렇다고 생각하십니까?"

"저희가 이 약을 개발한 이유는 힘들고 지친 현재의 삶을 대신하여 꿈속에서 자신이 원하는 꿈을 꿀 수 있도록 도와주는 목적으로 만들게 되었습니다."

"제 질문에 대한 답은요? 아직 부족한데요…."

이미 기자회견에서 얻을 만한 내용으로 인터뷰를 진행했지만, 유한영은 더 열심히 적극적이었다.

"이만 일어나겠습니다. 이걸로 인터뷰는 끝인 겁니다. 다시는 찾아오지 마세요."

집으로 가는 중 최윤이 제약회사에 왔다는 소리를 들었고 '내가 말이 너무 심했나' 하는 생각이 들었다. 그래도 한 때는 친구이자 우상이었던 사람을 한순간에 잊는 것은 쉬운 일이 아니었다.

"최윤. 안에 있어? 나 들어간다."

역시나 그 집은 고요했다. 여전히 내 숨소리와 하이힐 소리만이 적막한 집에서 소리를 내고 있었다. 최윤의 방으로 들어섰을 때 너무 놀랐다. 최윤의 손목에서 시작된 피가 바닥에 떨어져 흥건했고 그 집 분위기에 핏빛이 변하는 듯 검붉은 색으로 변하는 것 같았다. 하지만 나는 기회라 생각이 들었고 다시 한 번 그 앞에서 거짓 눈물을 흘리기로 했다. 오직 최윤만을 위한 눈물을 흘리는 척 그의 손목을 꽉 쥐고 나의 간절함을 표현하였다. 아니 나의 책임감 있는 모습을.

"윤아. 왜 그래. 너 때문에 아니야. 다 내가 잘못했어. 그러니까 제조법 어디 있는지 알려줘. 내가 책임질게. 윤아."

최윤은 술을 먹은 사람들과 같이 혀가 온전하지 못한 듯 새는 발음으로 제조법의 위치를 알려 주었다.

"……두드림. 오른쪽 서랍 두 번째 칸. 비밀번호는 엄마 기일."

드디어 손에 넣었다. 최윤을 동정하려 했던 내 마음이 돈으로 치우치고 있었다. 최윤의 반대편 손을 검붉은 피가 흐르는 손목에 쥐어 주었다.

"119 정도는 불러줄게."

역시나 최윤은 대답하지 않았고 고개를 숙이고 고요한 집에 최윤의 울음소리 하나 들리지 않았다. 그렇게 내 인생의 목표이자 이유였던 존재가 사라지는 순간이었다.

회사로 돌아갈 시간이 없어 제약회사로 바로 달려갔다. 마이디의 성분을 알지 못했지만, 그 약이 나에게 가져다 줄 수 있는 것은 한 없이 많았다. 패션사업으로 벌던 부를 배로 벌 수 있게 되었고 모든 사람들은 나를 단지 옷 파는 년이라 생각하지 않았다. 사람들은 최윤의 존재를 몰랐기에 모든 돈, 명예와 성공은 모두 다 내 것이었다. 그렇게 한 달간 내 권력에 취해있을 때 또 다른 사망사가 발생하였다.

'마이디 복용자 최 군, 또 다른 부작용으로 숨져'

한 달 동안 연락이 없던 최윤이었는지 단순히 다른 피해자였는지 나는 알지 못했다. 알려고 하지 않았다. 처음 사망자가 발생했을 때처럼 나는 내 손 위에서 놀고 있는 기자들과 함께 기자회견을 진행하였고 민심은 모두 마이디를 향해 있었다. 많은 기업에서는 마이디를 좋은 약이라며 앞다투어 칭찬했고 나는 이를 부정하지 않았다. 이 모든 일은 나를 더욱더 높은 자리에 앉히기 위해 일어나고 있는 작은 일들이었을 뿐이다.

"원하는 꿈을 꿀 수 있는 약, 마이디. 여러분 많이 복용해 주세요."

손수경

3/4

- 트라우마에서 벗어날 수 있는 확률

진서연

MY -D

눈을 떴다. 꿈이었다. 어렴풋이 기억은 안 나지만 정확하게 무슨 꿈인지 모르겠다. 좋은 꿈이냐고 묻는다면 그건 아닌 것 같다. 눈물을 흘리고 있었으니까.

이런 꿈을 꾼 것은 한두 번이 아니다. 하지만 어떤 꿈인지 모르기 때문에 이걸 좋다고 하기도 싫다고 하기도 그렇다. 다들 궁금하진 않겠지만 나는 우울증 초기단계에 있다.

처음에는 우울증을 극복할 방법을 몰랐다. 그저 시간에 맡겼다. '시간이 해결해 주겠지' 라는 생각으로 버텼지만 결코 시간은 해결해 주지 않았다. 그래도 내가 하고 싶은 일을 하게 되면서 점점 나아지고 있는 것 같다.

나는 기상캐스터이다. 매 순간 기상캐스터 하기를 잘 했다고 생각한다. 공무원처럼 안정적인 직업은 아니지만 건물 안에서 여름에 더우면 에어컨도 틀고 겨울에는 추우면 히터 틀면서 일하고 정말 좋았다. 더욱이, 내가 하고 싶었던 꿈을 이뤄서 제일 행복했다. 하지만 어느 순간부터 매일이 짜증이다. 내가 좋아하는 일을 해도 기쁘지가 않았다. 혹시 그 약 때문인가, 아니면 그냥 예민해서 그런 건가 그 약이 좋다는 소리만 듣고 먹어왔는데…….

간단히 가족을 소개하고 싶지만 유감스럽게도 가족은 행복이밖에 없다. 행복이는 내 애완견이다. 집에 혼자 있는 게 너무 무서워서 애완견을 데려왔는데 말을 너무 잘 들었다. 그리고 행복이랑 이야기하면 뭔가 내 말을 경청하고 위로해주는 것만 같았다. 아, 이쯤에서 궁금해 할 수도 있을 것 같다. 왜 가족이 행복이밖에 없는지. 엄마는 내가 어렸을 때 돌아가셨고, 아빠는 중환자실에 계신다. 아빠는 식물인간이 되었다. 말도 못하고 움직일 수도 없는 그런 상태이다. 한마디로 요약하자면, 엄마, 아빠 두 분 모두 누군가의 계획적인 살인의 표적이셨다.

그 무섭고 잔인하고 미친 인간만 아니었어도 우리 가족은 행복하게 다른 사람들처럼 잘 살았을 것이다. 하지만 나도 그 인간이 누군지 모른다. 경찰도 내 편이 아니었다. 말만 알겠다고 할 뿐 신경도 안 써준다. 제기랄.

전화벨이 울린다. 오늘따라 유독 슬프게 들린다.

"여보세요?"

"어? 방금 일어났어?"

병준이다. 내가 유일하게 말하고 친하게 지내는 친구다.

"어디 아파? 목소리가…."

"응…? 내 목소리가 뭐?"

"너 설마 또 약 먹고 잤어?"

이크…. 들켰다. 거짓말했다간 손절 당할 것 같아서 사실대로 이야기했다.

"다혜야 내가 먹지 말라 했잖아 왜 말을 안 들어?"

"알아…. 나도 알아. 하지만 이거 안 먹으면 진짜 미칠 것 같아."

병준이가 한숨을 쉰다. 그 한숨이 내 마음에 박혔다. 나도 덩달아 한숨을 쉬었다.

"그래 내가 지금 너 상황이나 기분을 몰라서 그러는 게 아니라 걱정된다. 걱정!"

"괜찮아. 내 걱정 안 해도 돼."

또 한숨을 쉰다. 그래도 친구라고 내가 걱정은 하나보다.

"그래도 그 약은 절대 안 된다. 무슨 일이 있어도 알겠지? 내가 너희 어머니랑 아버지 사건 조사하고 있으니까 걱정 말고 기다리고."

병준이는 예나 지금이나 착한 건 그대로다. 마음이 정말 따뜻해서 나 말고도 다른 친구들도 잘 챙겨줬다. 그래서 병준이에게 의지하게 된다. 나와 제일 잘 맞는 친구이다. 초등학교 3학년 때 서울로 전학 온 병준이는 그날 나와 짝이었다. 처음에는 서로 어색했지만 먼저 말 걸어준 것은 병준이었다.

마음이 착하고 욕심이 없어서 우리는 한 번도 싸운 적이 없었다. 다 병준이가 양보해 주고 하고 싶은 것이 있어도 다 나한테 양보해줬다. 부모님이 그렇게 되시고 나 혼자였을 때 병준이 부모님이 나를 딸처럼 생각해 주시고 아껴 주셨다. 병준이 어머니와 우리 엄마는 고등학교 친구였다. 그래서 나를 더 아껴주시고 보살펴 주셨다. 그 고마움을 어떻게 갚아야 할지 모르겠다. 다 나를 무시하고 놀렸을 때 유일하게 내 편이었다. 하지만 요즘은 둘 다 서로 바빠서 만날 시간도 없었다. 그래서 의지할 곳이 그 약밖에 없었다. 최선의 선택이라고 생각했지만 그것은 나의 착각이었다.

겨우 일어나서 물에 밥을 말아먹었다. 이렇게 먹지 않으면 다 토해 낼 것 같았다. 밥을 쑤셔 넣고 출근하러 가는데 행복이가 나를 빤히 쳐다봤다. 그 눈빛은 슬프면서도 씁쓸하게 만들었다.

문을 여는데 그 소리마저도 슬프게 들려 다리에 힘이 풀렸다. 오늘은 무엇을 해도 잘 안 풀릴 것만 같았다.

방송국을 갔더니 선배님들이며 사장님이며 모든 사람들이 어디 아프냐고 물었다. 어디가 아픈 것 같긴 한데 나도 어딘지 잘 모르겠다. 머리가 아픈 것은 맞지만 나도 모르는 어딘가가 너무 아팠다. 그게 마음은 아니길 바랐다. 나는 괜찮다며 손사래쳤다.

하지만 주변의 관심이 너무 지나쳐서 화장실로 도망치듯이 갔다. 하지만 하필이면 내가 제일 싫어하는 동기와 눈이 마주쳤다.

"너 얼굴빛이 안 좋다?"

남이사. 얼굴빛이 좋든 말든 무슨 상관이지? 별로 친하지도 않으면서 친한 척한다.

"잠을 못 자서 그래. 신경 안 써도 돼."

"치, 말하는 것 좀 봐. 알겠다. 신경 안 써. 신경 써줘도 난리야."

살짝 콧방귀를 뀌면서 어이없다는 듯한 썩소를 지으면서 나갔다.

싸가지 없는 인간이 저렇게 말하니까 이상하다. 자기소개하는 줄 알았다. 제일 퉁명스럽게 말해놓고 나보고 뭐라 한다. 신경 쓰지 말자. 저런 인간을 왜 신경 써줘야 하나. 자리로 돌아가서 기상청에서 전해준 날씨자료를 분석하면서 대본을 쓰고 있는데 병준이한테 문자가 왔다.

잠깐 나와 줄 수 있냐는 문자였고, 내 가슴은 미친 듯이 뛰었다. 혹시 엄마와 아빠 이야기인가…. 급한 마음에 달려갔다. 병준이는 고개를 숙인 채 나를 기다리고 있었다.

"왜 그래……. 괜찮아?"

아무 말이 없었다. 이 침묵은 나를 더욱 불안하게 만들었고 나는 한 번 더 물었다.

"무슨 일 있어?"

그 순간 병준이는 나를 쳐다보더니 다시 고개를 숙였다. 그러고는 한숨을 쉬며 힘겹게 입을 뗐다.

"너희 어머니……. 그 회사 직원이셨지?"

"응 맞아. 그건 왜?"

어머니가 직장 내에서 따돌림을 당했다는 것을 말해줬다. 따돌림이라…. 어른들의 세계에서도 따돌림이 있다니…….

"따돌림…. 무슨 소리야……."

"나도 자세하게는 잘 모르겠지만 너희 어머니가 그 약의 실체를 아신 뒤에 사장님께 그 실체를 알려달라고 하셨는데 사장님이 끝까지 알려주지 않으셔서 직접 찾으려고 하시다가 그렇게 되신 것 같아….”

그렇다. 엄마는 늘 당당했다. 다른 말로 당돌하다고 해야 하나. 하고 싶은 말은 그 자리에서 해야 했다. 약의 비리도 채 알기도 전에 돌아가신 것이 오랜 한일지도 모른다.

“그럼 엄마를 죽인 사람은 그 사장이란 말이네?”

“그게…….”

갑자기 병준이가 머리를 싸맨다. 엄청 괴로워하면서 쉽게 말을 하지 않았다. 도대체 무엇이기에 이렇게 뜸을 들이는 걸까.

“사실은…….사장님이 죽이신 게 아니야…….”

“뭐? 그럼 누가…….”

아직 정확하지 않다고 정확하게 나오면 그때 알려주겠다고 했다. 하지만 병준이는 여전히 고개를 숙인 채 나와 눈도 맞추지 않았다. 화가 난 건지 괴로워하는 건지 알 수가 없어서 뭐라고 말을 못했다.

“미안해……. 오늘은 몸이 좀 안 좋아. 나중에 다시 이야기하자.”

아닌 것 같다. 누가 봐도 거짓말인데 원래 병준이는 아파도 아프다고 절대 말하는 성격이 아니다. 하지만 몸이 안 좋다고 말하는 이 병준은 지금 나에게 무언가를 숨기고 있다. 왜 거짓말하냐고 물어보고 싶지만 당연히 알려주지 않을 것 같아서 말았다.

일기예보하기 1시간 남았을 때, 나는 대본을 다시 한 번 더 점검하고, 배경과 의상을 확인하고, 메이크업도 다시 고치면서 기다렸다. 하루 종일 아픈 머리도 일기예보만 한다고 하면 괜찮아졌다. 생방송이라서 그런지 아무래도 방송사고가 나면 안 되기 때문에 온 신경이 쏠려서 항상 긴장상태로 있어야 돼서 그런 건지도 모르겠다.

물도 마시면서 긴장을 풀며 상대 방송사인 BCN의 일기예보를 모니터링하고 있는데 갑자기 이상한 소리가 났다. 소리를 지르는 것 같기도 하고 혼자 뭐라고 열심히 떠드는 것 같기도 했다. 그 기상캐스터는 소리 나는 쪽을 한번 쓱 보더니 다시 아무렇지 않게 진행을 했다. 1분 뒤 다시 잠잠해 지는 것 같아 나도 방송사고인 줄 알았다. 하지만 그날 그 일은 나에게 있어서 가장 큰 충격이었다.

그날 그 기상캐스터와 카메라맨 2명이 죽었다. 하필이면 생방송으로 진행하고 있었기에 그 잔인한 장면은 다 노출이 되었다. 피가 바닥에 흥건하게 고여 있었다. 나도, 나와 같이 모니터를 보고 있던 사람들도, 일기예보를 TV로 보고 있던 사람들 모두 충격이었다. 순식간에 그 일은 연관검색어 1위였고, 아직 무슨 일로 그런 극악무도한 일을 저질렀는지 알 수 없다고 한다. 그 남자는 사람들을 죽인 뒤, 바로 도망쳐서 그 사람의 생김새나 특징을 잘 못 봤다고 한다. 아는 거라곤 키가 큰 것밖엔 없다고 했다. 서둘러 사건이 있던 현장으로 달려갔다. 그 자리에선 경찰과 소방관이 함께 우왕좌왕하고 있었고 그곳은 아수라장이었다.

취재를 하러 온 기자들도 우글우글거렸는데 카메라가 찰칵찰칵거리는 플래시가 내 눈살을 찌푸리게 했다. 나는 병준이도 있을 거 같아서 계속 찾았지만 보이지 않았다. 강력반 형사면 이런 사건에는 당연히 있어야 하는데 전혀 보이지 않았다. 키가 작은 것도 아닌데…….

그러고 있는데 옆에서 김 반장님이 나에게 말을 걸었다.

"어……. 다혜씨?"

"안녕하세요. 김 반장님."

"여긴 어쩐 일로……."

김 반장은 병준이와 같은 팀의 반장이다. 미친개라고 불린다고 했다.

"아! 살인사건을 제가 직접 봐서 도대체 무슨 일인가 해서 왔어요."

"아, 그러셨구나. 그런데 지금 너무 아수라장이고 너무 잔인해서 많이 통제하고 있어요. 여기 있지 말고 다혜씨도 얼른 가세요. 살인마가 지금 도망을 친 상태라서 언제 다시 올지 모르거든요."

나는 병준이는 어디에 있냐고 물었다. 김 반장은 두리번거리더니 눈을 동그랗게 뜨고는 "어?? 뭐야 이 자식 이거 어디 갔어?"라고 말했다.

김 반장은 당황하면서 병준이를 찾았지만, 병준이는 어디에도 없었다.

"아……. 제가 정신이 없어서 병준이가 어디에 있는지 몰랐네요……. 아, 이 자식 또 어디 간 거야!"

내가 찾아보겠다고 하던 거 하라고 말한 뒤, 나는 병준이를 찾고 또 찾았지만 어디에도 병준이는 없었다.

결국 못 찾고 들어와 모니터를 보니 모든 방송사는 긴급뉴스로 그 일을 이야기하고 있었고, 내 옆에 있던 선배님이 먼저 가라고 하셨다. 나는 괜찮다고 하면서 모든 사람들이 다 나갈 때까지 기다렸다. 기다리면서 나는 전화를 몇 번이나 했지만 병준이의 전화기는 꺼져 있었다. 이제 막 가려고 준비를 하는데 복도에서 이상한 소리가 났다. 어떤 남자가 웃는 소리였다. 성인인지 아이인지 알 수가 없었다. 나는 순간적으로 설마 그 남자인가 싶어서 조심스럽게 복도 쪽을 봤고 그 남자는 이리저리 돌아다니면서 미친 사람처럼 웃고 있었다. 순간 나는 불을 조심스럽게 끄고 본능적으로 몸을 숨겼다. 왜 그랬는지 모르겠지만 그렇게 해야 될 것 같았다. 그 남자는 한참을 웃다가 소리를 질렀다. 절규하듯이 귀가 찢어질 정도로 지르면서 쓰러졌다.

'지금 나갈까?'

나는 조심스럽게 주위를 살폈고, 빨리 나가려고 일어서는데 뭔가가 툭 떨어졌다. 떨어지는 소리가 들렸고 나는 입을 틀어막으면서 다시 숨었다. 제발……. 오지마라……. 심장소리가 쓰러진 남자에게 들릴 정도로 쿵쾅거렸다. 남자는 나 말고 누군가가 더 있냐며 소리쳤다. 그러더니 다시 잠잠해졌다. 조심스레 밖을 보니 남자는 없었다. 작은 소리로 안도의 한숨을 내쉬고 조용히 문을 잠갔다. 그 남자가 다시 나에게 오기 전에 뒤도 안 돌아보고 뛰었다.

다행히 그 남자는 내 뒤를 쫓아오지 않았다. 갑자기 전화벨이 울려 병준이인 줄 알고 받았는데 낯선 남자의 목소리였다.

"여보세요?"

대답이 없었다.

"여보세요? 누구세요?"

"키키키키……."

기분 나쁜 웃음소리였다.

"말씀을 하세요. 웃지만 말고."

"저 쓰러진 거 보셨어요?"

전화를 끊었다. 소름이 돋아서 말이 안 나왔다. 내 전화번호는 또 어떻게 알았는지. 갑자기 내 영혼이 빠져 나갔다가 돌아온 것처럼 멍해졌다. 하지만 난 아무한테도 내 전화번호를 주지 않고, 내 전화번호부에도 엄마, 아빠 그리고 병준이밖에 없었다. 도대체 이 남자는 누구고 내 전화번호는 어떻게 알았을까?

집에 오자마자 문이란 문은 다 잠갔다. 그 전화한 남자의 마지막 말이 화살처럼 내 귀에 꽂혔기 때문이다. 심장이 너무 쿵쾅거렸다. 꿈에서 그 남자가 나올까봐 무서웠다. 침대에 누워서 자려고 했지만 도무지 잠이 안 왔다. 신고를 하면 보복하러 올 것 같아 너무 무서웠다. 한 번 더 잠이 다 잠겼는지 확인했다. 그러고 다시 침대에 누워 병준이에게 전화를 했다. 역시나 받지 않았다.

'나 만나기 전에 무슨 일이 있었던 게 분명해.'

원래 이런 애가 아닌데 전화도 즉각 잘 받았는데 무슨 일이 생긴 게 분명하다. 하지만 무슨 일인지 알 수가 없어서 답답하기만 했다. 그 남자의 웃는 소리도 나를 괴롭혔다. 머릿속에서 지워지지 않았다. 오늘도 약 먹고 자야 되는데 이제는 무섭다. 또 눈물을 흘릴까봐. 그래도 안 먹기엔 너무 불안하기 때문에 반 개만 먹었다. 물론 효과는 그렇게 없겠지만 이 약을 쉽게 끊을 수가 없었다.

갑자기 눈이 떠졌다. 나는 어김없이 울고 있었다. 시계를 보니 새벽 4시였다. 시계 소리만 크게 들리는 고요함 속에서 불안한 마음에 노래를 들으려는 참에 전화가 왔다.

"여보세요? 다혜야 혹시 뉴스 봤어?"

직장동료인 가경이다. 가경이가 이렇게 이른 시간에 전화한 것은 드문데 그 뉴스가 굉장히 충격이었구나 싶어서 물었다.

"아니. 무슨 뉴스?"

"어제 우리 사무실 복도에서 어떤 미친 남자가 쓰러져 있었는데, 근데 그 남자가 쓰러지고 몇 분 있다가 다시 일어나서 누군가에게 전화한 게 CCTV에 찍혔대……."

순간 마음이 쿵 내려앉았다. 어제 내가 겪었던 일이 뉴스에 나온 모양이다. 전화를 끊고 TV를 켰다. 이미 뉴스 토론자로 나온 사람들이 흥분하면서 이야기하고 있었다. 앵커도 충격적이라고 말하면서 얼굴이 경직되어 있었다.

이들은 그 자리에 없어서 모른다. 나만 느낄 수 있었던 그 공포심은 말할 수 없을 정도로 컸다.

"그 남자의 신원은 밝혀졌나요?"

앵커의 말에 토론자 중 한 명이 고개를 흔들며 말했다.

"아쉽게도 아직 신원은 밝혀지지 않았습니다. 어딘가에 숨어 생활하고 있고, CCTV로 봐서는 젊어 보여서 고등학생 아니면 대학생 정도로 보인다고 경찰은 밝혔습니다."

지금이라도 당장 방송국에 전화해서 그 자리에 있었다고 말하고 싶었지만 그 고등학생인지 대학생인지 하는 그 사람이 다시 전화가 올까봐 무서웠다. 협박이라도 하면 골치가 아프다.

"그런데 방송국에는 출입증 없이는 못 들어가는데 도대체 어떻게 들어갔을까요?"

"네. 그렇습니다. 경찰도 아직 그 부분에 대해서는 의문이라고 하는데요. 더 정확하게 수사를 해봐야겠습니다."

TV를 껐다. 더 이상 보고 싶지 않았다. 하지만 이유는 알고 싶었다. 왜 쓰러진 척 했는지 나의 전화번호를 안 것도 물론 궁금하지만 왜 쓰러진 척 했는지 가장 궁금했다.

방송국에 도착하니 사장님은 물론 직장동료들 전부 다 그 이야기를 하고 있었다. 지긋지긋하다. 내가 그 자리에 있었다고 말하고 싶었지만 또 집요하게 캐물을까 봐 말하지 않았다. 그때 전화벨이 울렸다. 모르는 번호라서 끊었는데 몇 초 뒤에 또 전화가 왔다. 계속 끊으려고 하니 귀찮아서 받았다.

"저… 다혜씨…. 우리 병준이 어디에 있는지 아세요?"

김 반장이다. 김 반장은 울먹이며 말했다.

"다혜씨…. 우리 병준이가 도대체 어디로 갔는지 전화기도 꺼놓고 사라졌어요. 저한테 아프다고 오늘은 좀 쉬어야겠다고 내일 오겠다고 해서 그러라고 했는데 오지를 않고 있어요…. 제가 좀 못되게 뭐라 하고 그랬어도 혹시 그것 때문일까요? 차라리 그것 때문에 그런 거였으면 좋겠네요. 병준이한테 무슨 일이라도 생기면… 다혜씨 혹시 병준이 어디에 있는지 아세요?"

"저도 지금 걱정하고 있었는데 제가 일이 있어서 김 반장님께 말씀 못 드렸네요. 저도 잠깐 점심시간에 병준이랑 이야기하고 나서부터 연락이 끊겨서 어떻게 해야 할지 몰랐어요…"

"병준이랑 이야기했다고요? 무슨 이야기를…?"

있는 그대로 꾸밈없이 전부 다 이야기했다. 김 반장은 '그 이야기에 단서가 있지 않나' 라고 했다. 하긴 그 이야기를 하면서 병준이의 표정이 많이 굳고 경직되어 있었다. 설마 병준이가 우리 부모님의 죽음에 대해 무엇인가 안 걸까?

"일단 저희가 병준이를 찾고 있으니까 너무 걱정하지 마시고 만약에 병준이한테 연락이 오면 바로 전화 주세요."

알겠다고 하고 끊었다. 나는 이렇게 애가 타는데 도대체 어디에 있는지 알 수가 없다. 이제는 전화하는 것도 겁이 났다. 트라우마에 걸린 것처럼 좀처럼 손가락이 움직이지 않았다. 어차피 전화해도 연결음만 들릴 뿐, 병준이의 목소리는 들리지 않을 것이 뻔하기 때문이다.

나중에 알고 보니 방송국 살인사건의 피의자와 나에게 기분 나쁜 웃음소리로 전화했던 그 남자는 내가 복용하고 있는 약에 중독되어 그런 행동을 한 것이라고 했다. 나는 놀라지 않을 수 없었다. 혹시 나도 저 사람들처럼 될까 두려웠다. 여기서 나는 생각했다. 내가 계속 이 약을 먹어도 되는지. 하지만 이대로 가다간 정말 큰일날 것 같아서 이제부터 그 약도 안 먹기로 했다. 말은 이렇게 하면서 또 먹을 수도 있다. 그래도 노력은 해보려고 한다. 하지만 내 의지력만으로는 안 될 거 같아서 정신병원에 가보려 한다. 예전엔 사람들이 정신병원 간다고 하면 부정적으로 생각했었다. 지금도 그런지는 잘 모르겠다. 하지만 그걸 너무 부정적으로 바라보지 않았으면 좋겠다. 죽는 거보단 치료받고 극복하는 게 더 좋으니까.

병원에 가면서 많은 생각을 했다. 한편으로는 너무 떨리고 지진이 일어난 것처럼 두려웠다. 내 속마음을 속시원하게 이야기한 적이 없었는데 막상 이야기하려니까 막막했다. 그래도 이 약을 빨리 끊으려면 이 방법밖에 없었다.

기다리는 순간에도 너무 떨렸다. 내 이야기를 어떻게 해야 할지 어디서부터 해야 할지 내 속마음을 다 이야기해도 될지 의사선생님이 비웃진 않을까 이런 생각들로 가득 찼다. 그때 내 차례가 되었다. 문을 조심스럽게 열고 선생님과 눈을 맞추며 이야기를 하려고 하는데 쉽게 말이 떨어지지 않았다.

"괜찮아요. 얘기해 보세요."

괜찮다는 말이 왜 이렇게 따뜻하고 눈물나게 들리는지 모르겠다.

고개를 숙이며 흐르는 눈물을 참고 있는데 되게 부끄러웠다. 왜 이런지 모르겠다. 얼굴도 엄청 빨개진 것 같았다.

"괜찮아요. 지금 어떤 상탠지 어떻게 힘든지 왜 힘든지 다 말해봐요. '선생님 얼굴이 왜 이러세요?' 같은 거 빼곤 다 대답해 드리겠습니다."

이렇게 말해주시니 든든하고 꼭 말하고 싶었다.

"음… 일단 제가 약을 복용하고 있었는데 처음에는 효과가 좋아서 한 알이나 두 알을 먹었는데 자꾸 먹다보니까 내성이 생겨서 효과가 떨어져서 불안한 마음에 하루에 서너 알씩 먹고 그래도 불안해서 이제는 수시로 자주 먹어요."

"그 약이라면, 혹시 마이디인가요?"

고개를 끄덕였다. 말을 하면서 눈물을 참지 못하고 두 뺨에서 하염없이 눈물이 흐르고 있었다.

"그럼 이 약을 복용하게 된 계기는 무엇인가요?"

"사실 어린 나이에 엄마가 돌아가셨어요…. 아빠는 지금 중환자실에 계시고요. 어렸을 땐 몰랐지만 크면서 주변에서 자꾸 부모님이 타살이라는 이야기를 듣고 혼란스럽고 많이 당혹스러웠어요. 끝까지 긍정적으로 아니라고 생각했지만 불안함이 저를 덮쳤고, 경찰에게도 몇 번이고 다시 수사해 달라고 했지만 들은 척도 안하더라고요… 나쁜 놈들… 그래서 부모님께 너무 죄송스럽고 아직 어려서 어떻게 해야 할지 잘 몰랐어요. 그런데 이 약의 효능을 알고 나서부터 계속 먹게 되어서 결국 이 지경까지 된 것 같아요."

의사선생님은 이 약을 복용하면 주로 어떤 꿈을 꾸냐고 물으셨다. 처음에는 행복하게 부모님과 같이 사는 꿈을 꾸다가 나중에는 그 꿈에 대한 기억이 흐릿해진다고 말했다.

“이런 말은 좀 조심스럽긴 하지만… 다혜씨는 부모님이 타살이라고 생각하나요?”

“네. 예전엔 아니라고 생각했는데 지금은 맞는 것 같아요. 짐작 가는 부분도 있고…….”

말하다 말고 또 두 눈에서 눈물이 맺혔다. 단 한 번도 부모님 생각을 안 해본 적이 없다. 오직 내 머릿속에는 부모님 생각뿐이었다.

“전 특히 밤이 제일 고통스러웠어요. 밤만 되면 부모님 생각에 잠도 설치고 잠을 자더라도 한두 시간밖에 못자고 스트레스도 많이 받아서 탈모는 아니지만 머리도 많이 빠지고 장염에 구토까지 하고… 너무 힘들었어요.”

“그렇겠군요. 정말 말할 수 없을 정도로 많이 힘들었겠어요. 하지만 전 다혜씨의 정신적 승리라고 생각해요. 다른 사람 같았으면 극단적인 생각을 하거나 폐인이 되었을 텐데 그래도 다혜씨는 꿋꿋하게 잘 참고 여기까지 온 것만으로도 정말 장하고 대견해요.”

“하지만 전 약에 의존하고 약 때문에 이 자리에 온 것이지, 제 의지로 온 게 아니에요.”

“하지만 그렇게 해서라도 지금 이 자리에 있다는 걸 전 칭찬하고 싶어요. 물론 약에 의존한 걸 잘했다는 말은 아니지만 그래도 노력한 모습이 보이네요."

갑자기 칭찬을 들으니까 쑥스러웠다. 왜 약을 먹었냐는 둥 굳이 이 방법 말고도 많은데 왜 하필 이 약을 먹었냐는 둥 이런 말을 할 줄 알았는데 오히려 칭찬해 주고 격려해 주셔서 조금 놀라면서도 기분이 좋았다.

"그리고 처음에 다혜씨가 말하기 엄청 부끄러워하고 저랑 눈도 잘 안 맞추고 그랬지만 한번 말하고 나니까 이렇게 말을 잘 하면서 그동안 왜 말을 안 했어요?"

사실 나도 잘 모르겠다. 나도 그러고 싶진 않았다. 안 그래도 소심한 성격에다가 부모님이 돌아가시고 나서부터는 사람들과 대화를 잘 하지 않았다. 학교 다닐 때도 나한테 먼저 말 걸어주고 호의를 베푸는 친구들을 길고양이처럼 경계하고 의심하고 피했다. 계속 그렇게 지내다보니 어느 순간 나는 친구도 없고 왕따가 아닌데 왕따가 된 것이었다.

"이제 사람들과 친하게 지내봐요. 말도 하고 밥도 같이 먹으면서 잡담도 하고. 물론 다혜씨에게는 넘어야 할 산이 너무나 많지만 그래도 다혜씨는 지금까지 잘해 왔잖아요. 자기 자신을 믿고 앞으로 한 걸음씩 나아가 봐요."

말 하나하나가 너무 와 닿았다. 무한의 가능성을 제시해 주고 응원해 주는 사람은 선생님이 처음이다. 아무도 나에게 이런 예쁜 말은 하지 않았는데 뭔가 기분이 이상했다. 선생님의 인자한 웃음이 빙산 같던 내 마음을 녹였다.

그 외에도 선생님은 자기 자신을 사랑하라고 하셨다. 너무 자기애에 빠져서도 안 되지만 그렇다고 자신을 너무 깎아 내리진 말라고 하셨다. 거울을 보면서 웃는 연습도 하라고 하셨다. 그리고 참을 수 없을 정도로 너무 힘들 땐 하루를 정하고 마음껏 울라고 하셨다. 이런 조언을 듣고 나니 마음이 편안해지고 진작에 상담이나 하러갈걸 이라는 생각을 했다.

상담을 다 끝내고 집으로 가는 길에 용기를 내서 병준이에게 전화를 했다. 연결음이 조금 길어졌다. 불안해하지 않고 긍정적으로 받을 거라고 생각했다. 그때 병준이의 목소리가 들렸다.

"다혜야…."

순간 반가움과 분노가 동시에 느껴졌다. 나도 모르게 병준이에게 화를 냈다.

"야, 너 미쳤어? 도대체 전화는 왜 안 받는 건데? 맨날 전화하면 꺼져 있다 그러고 무슨 일 있으면 있다고 말을 하든지. 갑자기 그렇게 아무 말도 없이 사라지면 어떡하냐고!!"

"미안해…. 생각할 거리가 너무 많고 혼자 있고 싶어서 그랬어. 진짜 미안…."

병준이가 울먹이자 덩달아 나도 같이 울먹거렸다. 그동안 어디서 뭘 했는지 왜 전화기도 꺼놓은 채 사라졌는지 등 계속 질문을 했다. 그러나 병준이는 여기에 대한 답은 하지 않은 채 말했다.

"지금 시간되면 잠깐 만날래?"

병준이의 마음이 바뀌기 전에 바로 알겠다고 했다. 그동안 묻고 싶었던 게 너무 많았다. 오랜만에 얼굴도 보고 좋았다.

병준이는 오랜만에 본 것치곤 다를 게 없었다. 그냥 표정이 예전보단 많이 굳어져 있었던 것 빼곤.

"내 전화기 꺼져 있어서 많이 놀랐어?"

"그걸 말이라고 해? 얼마나 걱정했는지 알아? 미친개도 네가 걱정돼서 전화까지 하셨더라. 난 네가 잘못 되는 줄 알고 얼마나 걱정했는지 알아?"

"미안해…."

자꾸 미안하다고만 했다. 병준이가 연신 사과를 했다. 그냥 걱정돼서 한 소리였는데 너무 미안해 해서 나도 미안했다.

"아니야, 미안해. 네가 너무 걱정돼서 나도 모르게 그만……."

"아냐. 내가 미안하지. 연락도 없이 갑자기 사라지고 내가 잘못한 거야."

"저……. 그럼 그동안 뭐했어? 저번에 나한테 심각하게 말하고는 사라져서 혹시 그 일 때문인가 싶어서."

병준이가 살짝 놀란 눈치다. 자꾸 눈치를 보고 먼 산만 바라보고 말할 듯 말 듯 자꾸 입가심을 했다. 어딘가 모르게 불안해 보였다.

"괜찮으니까 말해 봐. 네가 보자는 것도 우리 부모님에 대해 이야기 하려고 그런 거 아니야?"

병준이가 자꾸 뜸을 들였다. 혹시 내가 모르는 또 다른 무언가가 있는 걸까.

"난 널 끝까지 안 볼 생각이었어."

말도 안 된다고 무슨 말 같지도 않는 소리냐면서 애써 당황함을 없애보려 했지만 병준이는 진지했다.

"진짜야. 진짜 널 끝까지 안 보려고 했어. 네가 잘못해서 그런 게 아니라 우리 엄마가 잘못해서…."

"응…? 너네 어머니…?"

간단히 정리하자면 병준이 어머니는 이 약의 광고모델이셨다. 이 약이 대중적으로 잘 알려지고 많은 사람들이 효과를 톡톡히 봤기 때문에 광고수익은 늘었고 덕분에 병준이 어머니는 돈을 많이 벌게 되셨다. 하지만 엄마가 이 약에 마약 성분과 폐암을 유발하는 라돈이 섞여 있다는 것을 알고 사장님께 항의를 했지만 사장님이 대수롭지 않게 넘어가자 화가 난 엄마는 이 사실을 블로그에 올렸다. 이 블로그 글은 일파만파 퍼졌고 심지어 청와대 국민청원에 마이디 판매를 금지해달라는 글이 올라오는 상황까지 벌어지자 병준이 어머니가 위기의식을 느끼고 이튿날 우리 엄마를 살해한 것이었다. 그 블로그는 이미 삭제된 상태였고 사장님은 그 사실을 알고 자기 측근 기자에게 거액의 돈을 주고 가짜 뉴스를 만들어 우리 엄마를 국민 거짓말쟁이로 만들어버렸다. 결론은 진실을 말하려던 우리 엄마만 불쌍한 꼴이 되었다.

"미안해…. 나도 우리 엄마가 그러실 줄은 몰랐어…."

병준이는 항상 나에게 범인을 찾아주겠다고 했다. 엄마가 돌아가셨을 때도 병준이는 울면서 범인을 잡으면 자기가 죽여 버리겠다고 말할 정도로 우리 엄마를 존경하고 좋아했다. 나를 불러 말하려고 했던 그날, 병준이는 범인을 알고 있었다. 하지만 도저히 나에게 말할 수 없었고 나를 볼 면목이 없어서 그동안 연락을 안했다고 한다. 범인이 자기 엄마라는 사실을 알고 많이 괴로워서 자살시도도 여러 번 해봤다고 한다. 그래도 이 사실은 말하고 죽는 게 나에 대한 예의라고 생각해서 보자고 한 것이라고 말했다.

"네가 왜 죽냐. 네가 한 것도 아닌데."

계속 울면서 고개를 숙이고 있던 병준이가 놀란 듯이 쳐다봤다.

"나에게 조금만 시간을 좀 줘. 생각할 시간."

이렇게 침착하게 말했지만 집으로 가자마자 모든 물건들을 던지며 울었다. 잡히는 물건은 전부 다 집어던졌다. 깨진 유리조각을 밟아서 피가 바닥에 흥건하게 젖어도 아랑곳하지 않고 유리며 플라스틱이며 책이며 인형이며 모든 물건들을 다 던지며 울었다. 그렇게 하루 종일 울었다. 눈이 떠지지 않을 정도로.

그 다음날 나는 폰을 꺼버렸다. 병준이가 한 것처럼 똑같이. 사실 병준이가 잘못한 것은 없다. 그런 어머니 밑에서 자란 죄밖엔 없다. 하지만 병준이가 너무 싫어졌다. 꼴도 보기 싫어졌다. 병준이한테 이 사실을 듣기 전에 병준이 어머니가 나오는 드라마를 봤다. 갑자기 기분이 뭐 같아지면서 화가 났다. 병준이 어머니 SNS에 들어가서 한마디 적었다.

'개새끼.'

이 한마디면 나의 기분이 잘 전달된 것 같다. 4일 정도 지났을 때 김 반장과 동료 경찰관이 왔다. 참고인 조사를 받으러 오라고 했다. 병준이가 어머니를 살인죄로 신고하고 직접 수사를 한다고 했다. 증거도 찾았으니 안심하고 편하게 말해 보라고 했다. 10시간 정도 조사를 받고 나오는데 병준이와 눈이 마주쳤다. 그냥 못 본 척하고 지나가려고 했는데 병준이가 내 앞을 가로막았다.

"다혜야 진짜 미안해…."

못 들은 척하고 다시 가려고 했다. 병준이가 다시 날 잡았고 또 눈물을 흘리고 있었다.

"그만 좀 울어."

이렇게 말하고 냉정하게 뒤돌아 가는데 왜 난 병준이가 계속 눈에 밟히는 걸까?

이 사실은 뉴스를 통해 알려졌다. 논란이 이르자 사장님은 끝까지 아니라고 거짓말을 했다. 정말 구질구질하다. 깨끗하게 인정할 것은 인정해야 한다. 쓸데없이 고집 부리지 말고.

병준이 어머니도 피의자 신분으로 검찰조사를 받았다. 뉴스에 따르면 병준이 어머니는 묵비권을 행사하고 있다고 했다. 사람을 죽여 놓고 어떻게 당당하게 TV에 나올까. 도대체 무슨 생각인지 알 수가 없었다.

1심, 2심, 3심 전부 다 유죄로 판결되었다. 드디어 엄마의 한을 조금이나마 풀어준 것 같았다. 이때까지 아무것도 못하고 가만히 있기만 한 내 자신이 너무 부끄럽고 죄송스러웠다. 오랜만에 아빠한테 갔다. 못 본 사이 많이 늙은 것 같았다.

의사선생님이 이제 아빠를 놓아주자고 했지만 난 아직 아빠가 더 보고 싶었다. 아빠에게 이때까지 있었던 일을 이야기했다. 그래서 엄마의 한을 풀어줬다고 아빠도 기쁘지 않냐고. 아빠한테 이제 씩씩하게 잘 살겠다고 앞으로 기죽지 않겠다고 말하고 나왔다. 마음한구석이 편안해졌다.

이제 모든 것이 해결되었다. 그 약을 먹을 일도 없다. 내가 스스로 극복할 거니까. 아, 아직 해결하지 못한 것이 있다. 병준이에게 말하고 싶다. 네가 잘못한 것은 없다고 넌 자랑스런 내 친구라고. 다시 친하게 지내자고 말하고 싶다.

"여보세요? 다혜야?"

"야, 나와 봐. 할 말 있어."

진서연 | '떼구름' 및 삽화

소설을 쓰는 것은 처음이라 많이 서툴렀고 확신이 서질 않아 처음 시작하기에 어려움이 있었다. 하지만 동시에, 어떤 소재를 어떠한 방식으로 풀어낼지에 대한 고민을 하며 이야기를 풀어나가는 작업이 어쩌면 처음 해 보는 것이라서, 더욱 재미있게 다가왔다.

삽화는 글을 쓴 동아리원들과 상의하여 그 내용을 시각화하는 데 힘을 썼다. 글의 분위기에 일치하도록 표현하는 것이 힘들었다. 또한 그리고 싶은 그림을 그리는 것이 아닌 요구에 맞는 그림을 한정된 시간 안에 그려야 했기 때문에 묘사보다는 분위기를 잡는 것에 더 집중했다. 삽화를 그리는 것은 앞으로의 진로와 직접적인 연관이 있기 때문인지 네게 있어 좋은 경험이 되었다.

서지원 | '꿈에서 깨어'

처음부터 글의 주인공은 학생으로 하고 싶었다. 그 이유는 지금의 내 신분이 학생이기도 하고, 아직 모든 게 서툴고 미숙하지만 그렇다고 마냥 어리지만은 않은 십 대의 삶을 살아가는 주인공의 성장 과정 중 한 부분을 써보고 싶었기 때문이었다. 처음으로 소설을 써보는 것이었기 때문에 처음에는 고민이나 걱정들을 정말 많이 했다. 그래서인지 글을 거의 다 적어 내려갔을 즈음엔 정말 뿌듯하기도 했고, 왜인지 모르게 설레기도 했다.

아무것도 정해져 있지 않은 상태에서 무엇인가를 처음부터 직접 만들어 나간다는 일이 아직 많이 어렵고, 서툴지만 내 글을 읽음으로써 사람들이 좋은 영향을 받아간다면 그것만큼 의미 있고 보람 차는 일은 또 없는 것 같다고 생각한다. 글 속의 주인공처럼 나를 포함한 많은 사람들이 다른 사람들의 날이 선 말에 휘둘리거나 상처받지 않고, 자신의 꿈을 향해 꿋꿋이 걸어 나갔으면 좋겠다.

그리고 정말 수고한 동아리 친구들과 선배님들, 끝까지 격려해 주시면서 이끌어 주신 최수진 선생님 감사합니다!

하수지 | '장마'

소설을 쓰는 것이 마냥 쉬운 일만은 아니었다. 나를 한 번 더 돌아보는 시간이 됐기도 했고 삶에 관한 생각을 많이 하게 해 준 경험이었다. 진로에 관해서도 고민한 경험이었기도 했다. 처음 써 보는 소설이라 많이 부족할 텐데도 열심히 저희를 이끌어 주신 최수진 선생님께 감사하고, 같이 고생한 선배님들과 친구들에게 정말 수고 많았다고 해 주고 싶다.

정예원 | '꿈을 팔다'

수필을 쓸 거라고 예상했던 처음의 생각과는 다르게 소설이라는 장르로 책을 쓴다는 것은 어렵고 불안한 과정의 연속이었다. 하지만 동아리 부원들과 서로 아이디어를 내주고 조언을 해주면서 소설을 무사히 마무리할 수 있었던 것 같다.

소설 '꿈을 팔다'에서 주인공인 약사를 중심으로 글을 쓰면서 상품의 이윤 추구도 중요하지만 사회적 윤리가 뒷받침되어야 한다는 것을 깨달았다.

마지막으로 소설에 기본적인 틀을 잡아주신 동아리 선배들과 동아리 부원 모두 수고했고 소설에 항상 관심을 가져주시고 도움을 주신 최수진 선생님께 감사하다고 말하고 싶다.

박주은 | '전지적 형사 시점'

짧은 시간 안에 이야기를 쓰면서 힘든 일도 많았음에도 불구하고, 막상 다 쓴 글을 찬찬히 읽다보니 왠지 모를 뿌듯함이 느껴졌다. 주인공의 직업인 형사에 대해 평소 잘 알지 못했는데, 이번 시간을 계기로 더 잘 알게 되었던 것 같아 좋았다. 다음에도 책을 쓰게 될 기회가 주어진다면 색다른 내용을 주제로 써보고 싶다. 처음 해 보는 책쓰기에 부족한 점이 많았지만 잘 지도해 주신 최수진 선생님께 감사함을 느낀다.

서혜린 | '진실은 힘이 약하다'

한 주제를 정해 서로 다른 이야기들을 풀어내는 것이 흔치 않은 기회인 만큼 의미가 있었습니다. 각자의 이야기를 정할 때 주인공과 이야기를 잘 정했다고 생각하고 흥미진진한 이야기를 풀어낼 수 있을 거라고 생각했는데 예상 외로 소설을 쓰는 시간이 빠듯해서 원래 이야기에서 많이 틀어져 전개와 마무리를 급히 한 것이 아쉬움이 남습니다.

하지만 책을 쓴다는 것 그 자체가 제게 생각의 폭을 넓혀주는 계기가 되었으므로 그것에 만족하고 더 성장했다고 생각합니다. 또한 끝까지 잘 마무리 할 수 있도록 조언과 격려를 해주신 최수진 선생님께 감사하고 소설에 대해 피드백을 해주어 더 완성된 결과물을 낼 수 있게 해준 동아리 부원들에게도 고마운 마음을 전합니다.

김태은 | 'MY D IS'

내 인생에서의 두 번째 소설은 첫 번째보다는 발전했지만 그래도 여전히 만족할 수 없는 글이다. 이 소설에서 인간이 가진 욕망에 대해 이야기하고 싶었다. 인간에게 욕망이라는 것은 인생의 전부는 아니더라도 굉장히 큰 부분을 차지하고 있는 존재라고 생각했으며 그 큰 부분으로 혼란스러워하는 인간을 표현하고 싶었다.

이런 요소들이 첫 번째 소설 '잿빛 팔레트'보다 개인적인 이야기를 풀어내는 게 좀 더 쉬우면서도 어렵게 느껴지게 했는데, 그만큼 최윤이라는 캐릭터에 더 이입할 수 있었다. 욕망으로 인한 꿈을 가지고 그 꿈을 이룸과 동시에 꿈을 잃을 수 있다는 모습 또한 보여주고 싶었으며 최윤이 가진 엔딩으로 이 책을 읽는 당신이 그 모습을 잘 나타냈다고 느꼈으면 좋겠다. 이 소설이 누군가에게 하나의 작은 경험이자 한 번이 아닌 두 번, 세 번 읽고 싶다고 기억되는 책이 되었기를 바란다.

문주현 | 'Mammom'

이 소설을 쓰면서 또 다른 인물을 만들어 낸다는 것이 힘들 줄만 알았다. 하지만 소설 속 인물이 물질만능주의로 향해가는 모습에서 어쩌면 또 다른 나를 바탕으로 글을 쓴 것 같다. 어쩌면 비판받을 행동이지만 당연시 되고 있는 '돈이 제일'이라는 개념을 필요에 의해서가 아닌 소제목의 Mammon처럼 탐욕의 길로 변질되어 가는 길이 내 이야기 속에서 해피엔딩인 것 같았지만 한편으로는 씁쓸한 결말을 주어 어쩌면 '또 다른 망각을 하고 있나?' 라는 의문점을 남긴 것 같다.

손수경 | '3/4 - 트라우마에서 벗어날 수 있는 확률'

소설은 처음 써서 어떻게 써야 할지 막막했고 고민도 많이 했습니다. 처음에는 추리 소설처럼 재미있게 이야기를 풀어나가려고 했으나, 시간도 많이 모자랐고 바쁘다보니 그렇게 할 시간이 없어서 급하게 마무리한 부분이 매우 아쉬웠습니다. 내용의 급 전개와 급한 마무리가 너무 잘 드러나서 많이 아쉬웠지만 소설을 쓴다는 자체만으로도 좋은 경험이었습니다. 그리고 저의 소설에 피드백과 조언을 아낌없이 준 유리, 태은, 그리고 최수진 선생님께 감사드립니다.

신다인 | 삽화

이번 인문학 책쓰기 동아리 친구들과 함께 완성한 작품은 꿈에 대한 것이었습니다. 꿈을 꾸는 것도 꾸지 않는 것도, 때론 그 꿈이 비극적이더라도 우리는 그 꿈에 이끌립니다. 이 이야기는 그런 꿈에 대해 갈망하고 있는 각자의 이야기를 담아내고 있습니다. 동아리 활동을 통해 평소 즐기던 그림을 삽화라는 명목으로 즐겁게 작업할 수 있었습니다. 친구들이 열심히 쓴 이야기를 한 폭에 담아내고자 노력하였습니다. 글과 그림이 함께 어우러져 완성된 이 이야기가 여러분에게 깊은 인상을 심어주었으면 좋겠습니다. 당신이 꾸고 싶은 꿈은 무엇인가요?

回想夢 회상몽

발 행 일 | 2020년 3월 5일
글 쓴 이 | 도원고등학교 '인문학 책쓰기' 동아리
엮 은 이 | 최수진
펴 낸 곳 | 매일신문사
대구광역시 중구 서성로 20
053-251-1421~3
출판등록 | 제 25100-1984-1호

값 15,000원
ISBN 978-89-94637-10-5